白隠伝

【目次】

第五章　正受老人

第六章　悟りの道

第七章　富士のお山に原の白隠

装幀　Malpu Design（清水良洋）

はじめに

江戸時代半ば、人々は「駿河に過ぎたるもの二つあり、富士のお山に原の白隠」と口にした。白隠とは、東海道の辺鄙な宿場町・原にある小さな禅寺の一和尚。そんな人物をなぜ、日本一の名峰と対等にほめそやすのか。

五代将軍・綱吉治下の元禄末～宝永年間の十八世紀初め、雲水の慧鶴《えかく》こと後の白隠は諸国行脚に旅立つ。良師の下で悟りを開き、衆生救済に尽くしたい一心からだ。慧鶴は生来、感受性が鋭い。五つの時、空を流れる白い浮雲を見て世の無常を感じた、との逸話が残る。腕白盛りのころ、因果応報の地獄話を説法されて戦慄。仏道入門に救いを求め、十五歳で出家する。

慧鶴が青春を送った元禄の世は幕藩体制が確立し、政治や社会は安定していた。学問・文化が興隆し、世間一般に清新の気がみなぎる時世でもあった。反面、将軍・綱吉の政治は専制的かつ気まぐれで、庶民泣かせの「生類憐みの令」が制定される体たらくだ。多感な青年僧・慧鶴は行脚を続けつつ、世の矛盾に目を向ける。

雲水行脚を切り上げ家郷にもどった直後の宝永四年、未曾有の富士山大爆発が勃発する。原の宿場にも火山弾や焼き砂が次々襲来し人々が逃げ惑う中、慧鶴は水火を辞せぬ不動心を養う好機と禅堂で自若として坐禅に徹する。

翌年に再び行脚を志し越後・高田~信州・飯山と転じ、生涯の師・正受老人と回り逢う。大悟したつもりの慢心はみじんに砕かれ、散々打擲されたり、罵声をあびる。が、持ち前の負けん気で耐え抜き厳しい禅問答の難関を突破し、首尾よく師の印可を手中にする。

三十四歳で家郷の荒れ寺・松蔭寺の住持に請われ、法名を白隠と改める。子育てや人づくりの勘どころを子守唄の文句に託し、禅の神髄を日常語で優しく伝える工夫をこらす。得意の書画の腕を生かし、仏道の深意を伝える飄逸《ひょういつ》な禅画や雄勁《ゆうけい》な墨書をあまた制作する。

身分制のきつい世にあって、白隠は横紙破りで通る。天皇の高貴な姫宮や禄高ン十万石もの大大名に直言をはばからず、血の気の多い武士に対し命がけの禅問答を挑む。一方、洒脱な肌合いで知られ、近所のおかみさん連や遊び人風情までが気安く出入りした。

白隠は俗世間の権威づけを嫌った。善知識として名声が高まり、「禅師」の称号や僧最高位の印・紫衣を授与しようとする動きが起こるが、一切固辞。駿河の田舎寺の一介の和尚に甘んじ、粗末な黒衣一つで終生通す。だが、その在りように「本物の禅匠」のにおいを嗅ぎとり、弟子入り志願者や説法を願う心酔者は門前市を成す。

白隠の偉大さは、後世を託すに足るこれという門人を禅界にうんと残した点だろう。彼は加えて、人格をそのまま映す書画の類まれな傑作をもあまた残している。健康法にも見識を示し、著書の中で万病を癒す丹田《たんでん》呼吸の特効を縷々《るる》述べている。

欧米に禅思想の神髄を伝えた宗教学者・鈴木大拙は、

――今日、禅が日本に残っているのは白隠のおかげ。

と喝破した。識者から「五百年に一人」とまで評される白隠の優れた人格とは、いかにして形成されたのか。その謎解きこそが本書一番の眼目である。

第一章　行雲流水

（一）馬翁日和

五代将軍・綱吉治下の元禄十七（一七〇四）年二月、ところ定めぬ雲水行脚を志す二十歳の禅僧・慧鶴《えかく》（のちの白隠）は駿河・清水港の禅叢寺《ぜんそうじ》を去り、美濃・大垣の瑞雲寺《ずいうんじ》に身をあずけた。寺の主・馬翁《ばおう》和尚は、詩文の学識では天下無双ともっぱらの評判である。

一方、この和尚は「美濃の荒馬」とあだ名され、かんしゃく持ちで気性がはげしい。気に入らないと、「この薄のろ！」「面《つら》を洗って出直してこい！」と相手かまわず罵声をあびせる。弟子が居つかず、寺はさびれ放題といっていい。このため、瑞雲寺は「貧乏寺」「荒れ寺」として知れ渡っていた。訪れる雲水たちに食事を供するどころか、あべこべに飯米や薪は修行僧が差し出すならわしだ。

そんな中、慧鶴はみすぼらしい僧堂に独り平然と腰をすえている。飯米や薪、はては味噌・醤油の心配まで、気にかけるふうはまるでない。倅《せがれ》の身を案ずる郷里の母が仕送ってくる行脚金《あんぎゃきん》が、十二分に懐《ふところ》にあるからだ。

陽春の昼下がり、僧堂裏の井戸端で慧鶴が黙々と大根を洗っていると、背後で師・馬翁和尚のつぶやく声がする。

「鶴や鶴、姿勢のいい鳥は活気をくれるものよのう」

平生の口の悪さはどこへやら、珍しく弟子にお愛想まで飛び出すごきげんぶりだ。そそくさと表へ出かける行きがけの駄賃、といった気配もないではない。ずっと逼塞《ひっそく》していた和尚がこのところ、用もないのに一里も先の大垣の街中へよく出かける。天気がいいなら、「馬翁日和」と呼びたいくらい、おきまりの成り行きだ。

変わりようは、和尚だけではない。

寒いうちは「チャッ、チャッ」と小鳴《ささ》きだけだったウグイスが、今朝は境内にある庭木の上で初めて「ホー、ホケキョ」と一声きれいにさえずった。陽炎が揺らめく庭先では、飛び石のすき間から小さなトカゲが這《は》い出し、眩《まぶ》しげに頭をゆすっている。

つい先日まで気が重かった水仕事が、陽気の加減につれ苦でなくなってきた。大根を洗いおえると、慧鶴は朝掘りしておいた筍《たけのこ》の始末にかかる。

夕食の準備に目鼻をつけると、飛び立つばかりの思いで師匠の居間をのぞく。留守番の特権として、馬翁和尚の蔵書を物色し、読書三昧に過ごしていいのである。

元禄のころは木版刷りによる出版が盛んだった。ぼろ寺には不似合いなほど立派な書架には、おびただしい冊数の仏典や漢籍に古典中心の和書がそろう。学芸好みの武家や禅家などから依頼される講義の謝礼は、おおかた書籍の購入に消える。和尚の懐が年中ぴいぴいしているゆえんだ。

慧鶴は書架の一角にかねて求めていた書物を見つけ、思わずにんまりした。明《みん》の学者・李攀《りはん》龍《りょう》の脚注が入る『唐詩選』で、日本には江戸初期に伝わっている。

（この一冊さえあれば、さしあたり漢詩の勉強に不自由せぬ）

満ち足りた思いが胸中に広がる。はるばる遠国まで足を伸ばした甲斐があった、と己をほめてやりたい気持ちも味わった。

（二）　赤穂事件談義

それから間もない四月十九日のこと。馬翁和尚は漢籍好きの大垣藩十万石の主・戸田氏定に招かれ、大垣城中へ参上した。夕方、振る舞い酒で顔を赤くして帰った和尚は、慧鶴をつかまえ、

「今宵は赤穂事件について、少し語りたい」

と珍しく饒舌《じょうぜつ》になった。

三年前のその日、すなわち元禄十四年四月十九日は、播州・赤穂藩五万三千石の要・赤穂城が城方から幕府方へ無事明け渡された日に当たる。その一か月ほど前の三月十四日に、城主・浅野内匠頭《たくみのかみ》による吉良上野介《きらこうずけのすけ》を相手取った江戸城殿中刃傷事件が起きた。

この日の講義の相方・戸田氏定は内匠頭とは従兄弟の間柄になる。

「今日という日は、余にとって特別な日なのだ」

と、氏定は感慨深げであった。

江戸城・松の廊下で刃傷に及んだ内匠頭は即日切腹、城地没収と決する。刃傷の原因は、早く言えば喧嘩である。「喧嘩は両成敗が定法」と考える赤穂方家中の思いをよそに、裁きは相手方・上野介は「お構いなし」。「それでは片落ちだ」とおさまらない家中強硬派は城代家老・大石良雄をつきあげ、「籠城して徹底抗戦」論さえ飛び出す。城明け渡しの成否は、天下注目の的であった。

内匠頭の縁筋・氏定に、城方説得役のお鉢が回ってくる。四月三日、浅野家臣団あてに氏定は「采女正《うねめのしょう》」の官位入りの印判を押した書状を送り、幕命に従うよう説く。これを盾に大石が情理を尽くして家臣一同を説きつけ、無血開城にいたる。

細身でやや神経質そうな氏定は、当時を思い起こし、

「食が細り、夜もおちおち眠れず、余もしんどかった。城明け渡しがどうにか無事におわり、ひとまず安心したものじゃ」

とつぶやいた。

和尚のその日の講義には、藩主・氏定のほか家老や重臣ら数人が陪席した。

赤穂浪士四十七人が本所の吉良邸に討ち入り、上野介の首級《しるし》を挙げる義挙は翌年師走に勃発する。浪士たちの「全員切腹」という劇的決着を見るのがその一か月半ほど後で、今から一年ちょっ

と前のことだ。

藩主の述懐を機に、江戸詰めからもどったばかりの家老が市中の空気を語った。

――日本橋のたもとには、「忠孝を励ますべきこと」と記された高札が立っていたが、切腹の晩に墨で黒々と塗りつぶされる。新しいのを立てると、「忠孝」の二字に泥をつけたり、高札を引き抜き川に投げ込んでしまう。やむなく、幕府は「親子兄弟仲睦まじくすべきこと」と書き換えるほかなかった。

また、儒者の動向に明るい重臣の一人は、学者の見方を引き合いに出した。

――高名な故山崎闇斎《あんさい》門下の三傑、佐藤直方・浅見絅斎《けいさい》・三宅尚斎《しょうさい》の意見が真っ二つに割れた。佐藤は浪士たちの行為は「不届きである」とし、幕府の判断を支持。一方、浅見と三宅は「忠義の行為だ」とし、義士肯定論を唱える。同門で思想傾向も同じはずの専門家同士の見方が分かれるようでは、素人に判断のつくはずがない。

列席者の間で事件をめぐる甲論乙駁《こうろんおつばく》が一刻（二時間）余りも交わされた。

「あけすけに言えば、論点は『浪士たち全員の切腹という幕命を是とするか、否とするか』なのだ。ところが、皆が皆、奥歯に物がはさまったような言い方をしよる」

と和尚は顔をゆがめる。一呼吸おくと慧鶴の顔をまじまじと見つめ、長談義の模様をこう皮肉った。

「今日のごとく世間では、討ち入りの是非は論じても、浪士たちの切腹処分については発言をはばかる。お上の権力が絶対で、将軍の決定への評価をうんぬんすると、それだけで罪に問われるからじゃ。『処士横議』つまり一般の者が勝手に論議するのはまかりならんとの掟《おきて》だが、天下国家がこんなざまで果たしていいものかのう」

（三）　雲水旅立ち

和尚の話の余韻が残り、その夜、慧鶴は横になってもしばらくまんじりともしなかった。浪士たちの切腹では、頭領・大石良雄の嫡子・主税《ちから》の最期を思い、胸が痛んだ。討ち入り時は弱冠十五歳、花ならば蕾《つぼみ》のうち、あまりにも早過ぎる自死である。

（かような不条理を許していいのか）

と不憫に思う気持ちが消えない。

眠れぬまま、十代半ば当時の己の身の上を思い起こす。

十五歳の時は、家郷の駿河・原宿の松蔭寺《しょういんじ》でちょうど出家した年だ。「慧鶴」の法名を授けてくれた単嶺《たんれい》和尚は病身だったため、新弟子教育を親しい仲の沼津・大聖寺《だいしょうじ》の息道《そくどう》和尚に頼む。以来足かけ四年、禅僧としての基礎づくりをこの息道和尚からきっちり受けた。

朝は七ツ（午前四時）に起き出し、夜は四ツ（午後十時）に床につく。三度の食事・睡眠以外は、作務《さむ》と呼ばれる農作業・寺の清掃にはげむか、参禅・参学にふけるか、のいずれかだ。ちなみに、作務の方が参禅・参学よりもずっと時間が長く、内容に富む。

禅寺では、坐禅修行を「静中の工夫」と呼び、作務を「動中の工夫」と呼ぶ。いずれも、心を無にしてひたすら没入するなら、自律的に三昧境に浸れるところは共通する。

新米には、東司《とうす》と称する便所の掃除が待っている。駿河の片田舎とはいえ旧家の坊ちゃん育ちの慧鶴は、便所掃除の経験がない。初めは大勢が使って汚れている東司を相手取るのは正直、抵抗があった。が、毎日続けていくうち、心境の変化が起こる。汚れていないより汚れている方が、きれいにする爽快感があり、張り合いとやりがいがあるのだ。

ある時、慧鶴は雑巾がけで汚れた水を何の気なしに庭先にまいて、和尚にこっぴどくどやされた。

「どうせまくなら、樹木の根っこにまいてやれば、せっかくの水が生かせるだろう」

と諭される。禅寺の習わしには、

——雲水と盆栽は、いじめればいじめるほどいい。

という考えがある。

（師の怒りはいじめではなく、教えるためなのだ）

と慧鶴は悟る。

作務をめぐり、和尚は中国・唐代の百丈《ひゃくじょう》禅師の故事を説いた。

百丈は、僧侶たちが自給自足していけるよう、中国最初の教団規則『清規《しんぎ》』を制定した人である。僧堂での毎日の生活すべてを修行と見なし、そのあるべき姿を規則化しようと図った。

百丈が八十歳の折に作務に出ようとするので、弟子たちが身を案じ止めようとした。が、聞き入れないので、作務の道具を隠してしまう。すると、三日もただ坐したまま、食事をとらない。理由をただす弟子たちに、「一日作《な》さざれば、一日食らわず」と答えた。

「作務への思い入れを凝縮した至言、と思わんかね。毅然として自律的だからこそ、百丈禅師の言は値打ちがあるのだ」

と、息道和尚はしきりに合点するふうだった。

また、慧鶴は初め、町を托鉢《たくはつ》してまわるのを苦手とした。物乞いをするようで、どこか気が引けるのだ。和尚は、こう諭す。

「托鉢にまわる者には没我の修行を積ませ、信徒には喜捨《きしゃ》することで功徳を積ます。つまり、あいこだ。僧は仏に代わって喜捨を受けるのだから、信徒が僧個人に施しをするわけではない。僧が一々礼を口にしないのは、個人的なかかわりを離れたところに托鉢があるからだ」

和尚のもとで四年が過ぎ、慧鶴はいよいよ念願の雲水修行に旅立つ決心を固める。

雲水とは、雲が空を行き水が川を流れ下るごとく、所定めず各地を遍歴・行脚する禅宗修行僧の姿を映した形容、という。また、『撥叢参玄《はっそうさんげん》』なる禅語がある。「草を払い、玄妙なる仏法に参ずる」意とされる。これは、「各地を巡遊し、いつか具眼の師に出会って悟りを開きたい」との修行僧の願いを表している。

雲水の行脚は、単なる物見遊山の旅ではない。求めるのは、己の本性を見極めるべき見性《けんしょう》の旅である。それゆえにこそ、これまでせっかく撫育《ぶいく》してくれた師父に別れを告げ、大志大願を抱いて当てのない漂流への門出をするのだ。

前年、慧鶴は沼津をたって清水の禅叢寺にとりあえず向かった。同行した兄弟子の意向にいくらか引きずられた節がある。ここでは求めるものは得られぬ、と滞在一年足らずで見切りをつけ、遠く美濃・大垣へ足を向けたのである。

(四) 仏教への疑念

詩文にくわしい馬翁に慧鶴がひかれるのは、わけがある。前年春、まだ禅叢寺に滞在した当時のことだ。堂頭《どうちょう》の僧が講話の中で、こう述べた。

巌頭《がんとう》という唐の高僧が末年、盗賊のために首を切られ、その叫び声がはるか遠くにまで聞こえた。

日本では平安前期のころ、唐の武宗が仏教を弾圧。寺院という寺院が壊され、全国の僧尼二十万人余が還俗《げんぞく》させられる。独り巌頭和尚のみは隠れて船頭となり、世を潜んでいた。後、洞庭湖の臥龍《がりゅう》山に庵を結ぶと、その禅法を慕い参集する者で大いににぎわう。

時に中原に匪賊《ひぞく》が起こり、大衆は先を争って逃げるが、還暦を過ぎた巌頭は庵を離れない。賊の刃が迫る中、自若として顔色を変えず、ただ大喝一声を放って殺される。その「死んでたまるか！」という死に際の一声が数里も先のはるか彼方まで響いた、という中国の故事を堂頭は紹介したのである。

（巌頭ほどの有徳の僧にして、あえなく賊刃《ぞくじん》に斃《たお》れるとは。禅門とは、そんなにも弱く、無意味なものか。巌頭の悲運を思うなら、己ごとき未熟者はいかに修行しようと地獄に堕《お》ちる運命を免れえない……）

慧鶴ははげしい衝撃を受け、うちのめされる。

落胆のあまり食事もろくに喉を通らず、懊悩鬱屈《おうのううっくつ》すること数日。幼少のころ耳にして、出家の決心にはずみがついた『日親上人鍋被《なべかぶ》り』のてんまつが、ふとよみがえる。

（考えてみれば、らちもない話。おおかた、近松〈門左衛門〉あたりが伝説をもとにでっち上げたものか。そんな与太話につられて頭を丸めるとは、なんたるざまよ。さらばといい、今さら還俗《げんぞく》するといっても……）

と、とつおいつする。やがて、

（とても逃れられぬ三途の地獄ならば、我も人も手を取りあって共に堕ちよう。しかし、空しくただ時を過ごすのもしゃく。これからは詩文の道にいそしみ、せめて近代の優れ者なり、と褒めそやされるほどになりたいもの）

と思い定め、当座の心の平静をようやく保ったのである。


実は、仏教の教えに対する疑念は、もう一つわだかまっていた。清水に赴く直前、かねて読んでみたかった『法華経』を知人の僧から借り受け、ひもといた。経典の王と尊ばれる重要経典だが、その中身にいたく失望する。たわいもないとしか思えぬ譬《たと》え話に終始していて、期待した仏教の高遠な理論や教義は全然出てこない。落胆のあまり、

（こんなつまらぬ譬え話に、なんの功徳があろうか。いっそ古来の諸子百家の世界に浸り、人間の歴史や思想などを学んだ方がよほどためになるのでは）

とまで思い詰める。

『巌頭受難』の故事が慧鶴に強い衝撃をもたらしたのは、この法華経に対する失意落胆の経緯が背景にあったからだ、とも言える。

そんな事情から、清水では仏道精進にあまり身が入らず、文墨の世界に気をとられる日々が重なる。詩文は唐代の名だたる大家、李白や杜甫《とほ》、韓愈《かんゆ》に柳宗元《りゅうそうげん》を手本と仰ぎ、書は当時京都で尊重された尊円法親王や禅宗と縁のある寺井養拙の書風を学ぶ。そのうち、馬翁和尚のその道での盛名を伝え聞き、師事してみようと思い立ったのである。

（五）　禅的な感性

大垣に慧鶴がおちついてしばらく、瑞雲寺の僧堂に飄然《ひょうぜん》と現れたのが同じく雲水の身の龍海である。高名な儒学者だった亡父・熊沢蕃山《ばんざん》譲りの漢詩文の素養を生かし、関西・中京方面ではすでに詩人として名をはせていた。詩文にくわしい馬翁和尚に兄事し、客分のような形でこの寺に足を運んで来る。

年齢差こそ十五ほど開いているが、慧鶴とは肌が合い、すぐ昵懇《じっこん》の間柄になる。「鶴さん」「龍さん」と気軽に呼びあい、義兄弟と許しあうほど交わりを深くする。慧鶴が作った漢詩の連句に龍海が手を入れ、親身に助言してくれる場面も再々であった。

ある時、慧鶴が柳宗元の文章をお手本にしているのを知ると、

「『入黄渓聞猿』—黄渓に入りて猿を聞く。彼の詩の中で、私の一番好きな作品だ」

と前置きし、いささか熱っぽい口調で龍海は朗々とその詩句を吟じた。

溪路千里曲
哀猿何處鳴
孤臣淚已盡
虛作斷腸聲

溪路　千里曲る
哀猿　何れの処に鳴く
孤臣　涙已《すで》に尽く
虚しく断腸の声を作す

続けて、その注釈をよどみなくこう述べた。

――都から遥か遠い永州・黄渓の峡谷に、哀切を極める猿の鳴き声がする。長年異郷に見棄てられた自分は、深い孤愁のうちにある。旅人に懐郷の念をかきたてる猿の哀しい声も、独り自分には虚しい断腸の響きしかもたらさない。

慧鶴はうつむき、つぶやくように尋ねた。

「沈痛な響きに胸が痛むようだ。柳宗元とは一体、いかなる人物だったのだろう?」

「中唐の詩文家だが、人生の後半をずっと流謫《るたく》(流刑)の中で過ごした。初め急進的改革をめざす党派で力を振るうが、頭目の失脚と共に追放にあう。三十三歳で永州に流され、十一年目に都に召還されるものの、官位を落とされ遠隔の柳州に再び飛ばされる。四年後、その地に四十七歳で死ぬ」

「漢詩に望郷歌はごまんとあるが、彼のは一味違う。その境遇ゆえか？」

「その思いが並の旅人が抱く、なまなかの望郷の情とは全く異質だからだ。絶唱たるゆえんは、心底に絶望的状況に置かれた者のみが知る深い悲しみを秘めるせいだろう」

さらに龍海は、もう一つ別の詩句を口ずさむ。

千山鳥飛絶　　千山　鳥の飛ぶ絶え
萬徑人蹤滅　　万径　人蹤《じんしょう》滅す
孤舟蓑笠翁　　孤舟　蓑笠《さりゅう》の翁
獨釣寒江雪　　独り寒江の雪に釣りす

そして、こう講釈した。

——どの山にも鳥の飛ぶ姿はなく、どの道にも人の跡は消えている。視界はすべて雪景色で、動くものは深深と降りしきる雪のみ。谷間を流れる川に小舟がただ一つ浮かび、蓑笠《みのかさ》姿の翁がいる。寒々とした青灰色の川面に垂れた釣り糸の先を、翁はじっと見つめる。

目をつぶり、じっと聞き入る慧鶴がただす。

「南画にある光景を連想する。どこか禅的な印象も受けるが」

「その通りだ。この五言絶句『江雪』は柳宗元の代表作として名高いが、孤独にして独立、かつ寂寞《せきばく》の思いが切々と伝わってくる。彼は一瞬の中に永遠を感じ、小景を通して全宇宙を見る、という禅的な感性を持っていた」

「流謫の地で常に孤独。いやでも『独り在る己』を意識せざるを得ない……か」

「文学とは、天地宇宙・俗世・人界のすべてに対し、『われ独り在り』と正面切って対決するところから始まるものだ。流謫の不幸をとことん味わった彼は、『独り在る』ことで俗世のあらゆる羈絆《きはん》を脱し、三千世界に遊ぶ機縁を得、その詩精神が生々と脈動し始める」

「この蓑笠の翁こそ柳宗元の自画像では、と映るが」

「そうだ。翁は見た目は孤独だが、その孤独は全宇宙と会話している、と言える」

「漢詩の歴史において、柳宗元のような例は他にあろうか？」

「あまりないな。唐詩で言うと、李白や杜甫のような大詩人は別として、一般に己の内面をあらわにするのを嫌う傾向があるのだ」

と言い切ると、龍海はこうしめくくった。

——柳宗元は、韓愈《かんゆ》とともにその文章が『唐宋八家文』に多く採られ、『韓柳』と併称されるほど散文でも当代一と名をはせた。韓愈は五つ年下の柳が自分より先に亡くなったのを悼み、柳のために『墓誌銘』を表した。「彼は生涯その流謫を苦しみ続けたがゆえに、その文学は高度な完成をみた」と。

（六）　龍海の身の上

遠くを見る目でしばらく沈黙した後、再び龍海は口を開いた。

「実は、わが父・熊沢蕃山も、後半生は流謫さながらの不遇な人生を余儀なくされた。父の非運は、私の身の上にも否応なしに影響を及ぼした。柳宗元の作品に強い共感を覚えるのは、あるいは不遇な境遇という共通性ゆえかも知れぬ」

一瞬、痛ましさを覚え、視線をそらした慧鶴は、

「儒学とか武家の世界に、おれは疎《うと》い。お父上は、お名前を存じあげる程度。ぶしつけながら、非運と申されるのは？」

「父は『近江聖人』・中江藤樹先生に師事し、陽明学を修めた。三十二歳で岡山藩執政に抜擢《ばってき》されて顕著な成果を収め、天下の名士とうたわれるが、まもなく失脚する。三十余年にわたる後半生は逼塞蟄居《ちっきょ》、もしくは幕府の監視下にあって拘束同然の身だったのだ」

「失脚とは、いかなる理由で？」

「一言で言えば、幕閣にとって危険思想の持ち主だったからだ。父の陽明学は『経世済民』すなわち、世を治め民の苦しみを救うことが理想だ。これが、『幕府の御為第一』の官学・朱子学

側からすると、『民衆救済第一』と映じて危険視されたのだ」

「蕃山先生は柳宗元のごとく、自らの不遇を嘆き、苦しまれたであろうか？」

「それが、さに非ず。父も不遇のうちに思索を深め、数々の専門的著作は残した。同時に悠々自適というか、風流の道にも大いにはげむ。歌作にふけり、雅楽を楽しみ、笛や琵琶、笙《しょう》などを自らたしなんだ。悲劇的人生を送りながら、悲劇性をさほど感じさせぬ、豊かな人間性を持ち合わせていた」


一拍間をおき、龍海は身の上話に移った。

熊沢蕃山の四男で、俗名は継長。蕃山は晩年、幕府に「意見書」を提出してにらまれ、禁錮の身となった。その預かり先が下総・古河《こが》藩で、藩主・松平忠之は蕃山の人格・識見を篤く尊敬した。そのお陰で、元服後の自分も同藩に児小姓《こごしょう》として出仕がかなう。

が、蕃山の死後、状況は一変する。罪人の取り扱いに遺漏《いろう》ありと幕閣にとがめられ、古河藩は改易処分に。自分も致仕（辞職）を迫られ、二十代半ばで浪人となる。俗世に見きりをつけ普化《ふけ》宗《しゅう》の禅寺で出家し「龍海」と名乗りを替え、有髪・帯刀のまま尺八を吹いて喜捨を請う虚無僧《こむそう》暮らしに入った。父譲りの漢詩文の才を頼りに西上し、馬翁和尚の知己を得て大垣に三年前から逗留する。

（柳宗元への兄者の熱い思い入れには、父・蕃山の不幸を引き継がざるをえなかった己自身への哀傷もこもっていよう。ご本尊の柳宗元にあやかり、兄者の詩才が大成することを祈るばかりだ）

慧鶴は心中そう念じ、龍海の顔をそっとうかがった。

（七）　母の訃報

それからしばらく、家郷の父から手紙が届く。思いもよらぬ母・お妙の訃報《ふほう》であった。前年暮れにかかった風邪をこじらせ、胸の持病が悪化した末という。あまりの衝撃で目がくらみ、気が動転する中、母がいまわの際に残した言葉が次のようにあるのを認める。

――地獄の苦患《くげん》にもたじろがぬ心を持ちたい、とのそなたのたっての願いを知ったがゆえ、出家に反対された父上を説き伏せ、仏の世界へ手放すことにした私です。この母とて真《まこと》は、愛しいそなたを手許《てもと》から離したくはなかった。もし、母のことを思い出すようなら、一日も早く立派な僧となり、世の哀れな人々のために尽くしてあげてほしい。

こみ上げる涙にくれながら、今さらのように己の親不孝に思い至る。母が重病とは露知らず、旅先にあって看病もできず、臨終の見取りすらできなかった……。

法名・妙遵《みょうじゅん》、享年四十九歳。慧鶴にとっては早過ぎる死である。その母は、原宿の年寄り問屋と駅亭の長を務めると同時に『沢潟屋《おもだかや》』という旅籠《はたご》を営む地元の名家・長沢家の跡取り娘だった。婿養子の夫をよく立て、三男二女の子供たちをしっかり育て上げ、我が母ながら良妻賢母の鑑《かがみ》のような女性であった――と、慧鶴はしばし追憶にふける。

慈悲心に厚く、物惜しみをしないので、もらい物はたいていすぐ人手に渡った。人間だけでなく、犬や猫などもよくかわいがった。ある時、迷い込んだ雀がお妙になついて手のひらに乗り、飯粒をついばんでいるのに目を見張った覚えがある。

考えてみれば、己の仏道志願への機縁をこしらえてくれたのは、この母だった。家の菩提寺である日蓮宗の昌原寺《しょうげんじ》に、十一歳のころ連れられて行った。東伊豆から訪れた日厳上人という偉い坊さんの説教を聴くためである。

「殺生とか盗みとか、この世で悪いことをした者はみな地獄におちる。針の山をはだしで歩かされたり、血の池に沈められたりし、果てはぐらぐら煮えたぎる大釜に入れられ、釜ゆでにされてしまう」

こと細かく真に迫った上人の話しぶりに、聴衆はみな脅え、すくむ。子供のこと恐怖でがたがた震え、心底恐れおののいた。腕白盛りで、父や兄から「与太もん」呼ばわりされていたころ。実は、その前日にも、罪もない蛙を何匹も打ち殺して平気な顔だったのだ。

上人の説法を聴いた翌日、母と一緒に風呂に入った。熱い湯が好きな母は、下女にどんどん薪をくべさせる。風呂釜がうなり出し、激しい煙と炎がほとばしり、熱気がしんしんと肌身を刺す。

（これこそ、お上人が説いた焦熱地獄の責め苦ぞ、蛙をたくさん打ち殺した報いぞ）

と思われてきて、恐怖のあまり、大声を上げて泣き叫ぶ。風呂桶のタガが切れんばかりの大騒ぎに、近所の人々が「すわ、何事か」と驚くほどだった。

その翌年、上方から浄瑠璃《じょうるり》芝居の一座が近くにやってきて、やはり母に連れられ見にいく。日蓮宗の高僧・日親上人が異端をとがめられて拷問《ごうもん》にあい、真っ赤に焼けた鍋を頭上にかぶせられる『日親上人鍋被《なべかぶ》り』という操り芝居だ。

自若としてひたすら経文を唱え続ける上人の姿に、殿上に居並ぶ侍たちは驚嘆し、合掌して伏し拝む。その場面に観衆の面々はみな感じ入り、口々にお題目を唱え手を合わす。

（あっぱれ、真の出家者ともなれば、焦熱地獄の責め苦も逃れられよう。おれも出家を果たし、いつの日か日親上人に引けをとらぬ立派な坊さんになりたい）

地獄におちたくない一心からの出家発願は、母の手引きによるこの機に始まる。

母が血筋を伝える長沢家は、原から西へ四里ほど先を流れる富士川べりに建つ名刹・実相寺《じっそうじ》の修行僧が先祖、といわれる。この寺の宗旨は平安後期の建立当時は天台宗で、後に日蓮宗に替わった。

創建から百年余り後の鎌倉中期、日蓮聖人が同寺に逗留。三年間かけて寺宝の一切経五千巻を読破し、『立正安国論』を起草する。治世の要道を説くこの書を執権・北条時頼に送るが、その忌諱《きい》に触れ伊豆・川奈へ流される。この折の尋常ならぬ勉学ぶりと気迫に打たれ、長沢家先祖の修行僧は日蓮に私淑し弟子入りをした、という。

（母の信仰心が厚かったのは、故なきことではない。血脈をたどれば、さような尊い仏縁があったのだから。己が仏門を志したのも、宿縁によるお導きと言えるかも）

慧鶴はそう思い返し、改めて母の霊に仏道への一層の精進を誓った。しかし、心の奥底には、『巌頭受難』の故事への失意落胆と法華経への失望という二重の暗い思いがわだかまっている。果たしてかなうだろうか、というどこかおぼつかない気持ちを抑えることができない。いずれにしろ、当分は家郷の土を踏むわけにいかぬ身の上である。

（八）千本松原と霊峰富士

時節は夏に移り、土用の入りのころ。僧坊で日暮らし、書物の虫干しがあった。馬翁和尚は例によって留守である。縁側に山積みの数百巻に上る内外の典籍に目をやり、いつか慧鶴は物思いに沈む。

いますぐ帰郷するわけにいかないのは百も承知ながら、強い懐郷の念がこみ上げる。

駿河の国は、江戸と京都を結ぶ東海道が駿河湾ぞいに走る。「五十三次」と言うごとく江戸～京都間には適当な間隔で五十三の宿場があるが、生まれ故郷の原はその一つ。江戸・日本橋から数えて十三番目、直前の伊豆・沼津宿をたち駿河の地に入って最初が原宿だ。文字通り辺境の片田舎にあり、東海道の宿場としては小さい部類に入る。

慧鶴が家郷に抱く原風景は、一つが海で、いま一つは山だ。沿道に実家がある東海道の街道筋から、ほんの少し南へ下った辺りが原の海岸。千本松原の美しい松並木が東は沼津へ、西は田子の浦へ延々と伸び、白砂青松さながらの絵のような風景だ。

松並木を抜け街道筋へもどれば、前方に富士山のすっきりと美しい全容が一望におさまる。ことに、大気の澄み切る冬場の眺めは絶品だ。白雪におおわれ、朝日がさして薄く紅に染まった風情は、荘厳そのもの。感じやすい少年の日は、胸がじんとなり、目頭が潤む思いを度々味わった。

幼時の思い出がよみがえる。岩次郎と呼ばれていた五つのころのこと。

女中に手を引かれ、原の海岸へ遊びにいった。目の前に駿河湾が広がり、長大な海岸線が湾曲して左右に伸びる。その海のかなたから、白い浮雲が去来する。浮かんでは消え、消えては浮かぶ。転変は一向に定まらない。

（ものごとには、ずっと変わらないものなどないのだ。大好きなオットオ、オッカアだって、

いつかは死んでしまうのだ）
仏教でいう無常の思いが、なぜか幼子の胸にぐっと迫る。女中の傍らでわんわん泣き、家に帰ってからもなかなか泣きやまない。一体どうしたんだろう、と家人はみな小首をかしげ不思議がった。

そして、出家する決意をすでに固めていた十三歳のころのこと。

自分なりに精進にはげみ、観音経を手始めにいろいろお経を覚え、読経・称名の勉強を積んでいた。末息子に家業の旅籠・駅亭を支える店を持たす腹だった父は、岩次郎の出家発願にいい顔をしない。家に居たくないのと修行にひたすら打ち込みたい一心とで、地元の愛鷹山《あしたかやま》のふもと、家から北へ一里ほどある柳沢村へ毎日のように出かけていた。

人里離れた山かげの河原に赴き、高さは人の身の丈くらい、上が平たく八畳ほどの広さがある巨岩の上に正座する。瞑目《めいもく》し、雑念を払いのけるよう努め、見よう見まねの坐禅稽古《けいこ》に入る。好んで物寂しい場所を選んだのは、少々のことには動じない不動心を養いたい、と子供心に念じてである。

修行に倦《う》むと、河原に下りて手ごろな重さの岩石を探す。両手でやおら頭上に持ち上げ、下ろしてはまた持ち上げる。重量挙げのような単調な動作を、飽きもせず繰り返す。頑丈な身体があってこそ不動の心が培える、と固く信じてのふるまいだった。日を追って体力が増し、持ち上げる岩石もどんどん大きくなる。胴回りが牛のようにたくましい岩次郎の体型は、この隠れた精進のたまものと言っていい。

出家にかける末息子の尋常ならざる打ち込みようは、父の胸に響く。元々信仰心が篤く岩次郎の仏道志願に理解がある母のとりなしもあって、二年後の元禄十二（一六九九）年、十五歳の春に宿願がかなう。父の叔父に当たる大瑞宗育《だいずいそういく》和尚がかつて住職を務め、和尚の仲立ちによって父と母が縁を結んだ由緒のある近くの松蔭寺でめでたく出家得度。以来、今日あるごとく慧鶴の僧号を名乗るようになる。

ハッと我に返った慧鶴の胸に、ほろ苦い感懐がわき起こる。

（自分も哀れな者よ。亡き母には仏道への精進を誓ったものの、今の我が身は僧のようで僧でなく、俗のようで俗ではない。儒者でなく、神道家でなく、老荘の徒でもない。主心が一向に定まらない身の末は、一体どうなるやら）

一生はげむべき道があるのなら、我にたった今この場でお示しあれ、と心に念じ合掌する。目を静かに開けると、視線の先に『禅関策進《ぜんかんさくしん》』と題する一書があった。思わず手に取り、たまたま開いた頁に『慈明引錐自刺《じみょういんすいじし》』の条、と記してある。その内容は、こうだった。

北宋の時代の慈明和尚は冬、多くの求道者と共に修行にはげむ。あまりの寒さに皆修行を怠る中、独り寒気に負けず徹夜で坐禅にいそしむ。気がくじけそうになると、慈明は自らの胸に言い聞かす。「『刻苦盛大』の名言があるように、骨を折って勉励する者には必ず大光明が輝く」と。

生きて何ら得るところなく、死して名を残せないようでは、人として生まれてきた甲斐がない。そう活を入れても、なお眠気が兆し居眠りをしかかると、片手ににぎる錐《きり》を自分の股に突き刺し、その痛みで眠気を払いのける。そこまでやって、慈明和尚は必死に勤行《ごんぎょう》を続けたものである。

思わず身を正した慧鶴はやがてうなだれ、唇をかんだ。

（この慈明和尚にひきかえ、自分はなんと安逸をむさぼっていることか）

この和尚を鑑《かがみ》とし、たった今から出直さねば、と深く反省する。

「策進」とは、馬にするごとく自らに鞭《むち》を当てて進む意。この書物は、中国の禅僧が古来いかに厳しい修行を自らに課してきたか、実例を基に縷々《るる》述べている。この後、慧鶴はその内容を心の杖《つえ》と頼み、座右に離さぬ生涯の書とした。

第二章　抜け参り

（一）　おかげでさ

慧鶴《えかく》が大垣に移り住んだ元禄十七年は、三月十三日に宝永元年へと年号が切り替わった。それからほぼ一年、時は宝永二（一七〇五）年閏《うるう》四月である。ここは大垣から直線距離にして十五里ほど南下した伊勢・関宿。東海道沿いのかなり大きな宿場町で、街道終点の京都からは七駅手前になる。

時刻はぼつぼつ暮れ七ツ（午後四時）。日が陰りだし、冷気がかすかに漂う町筋に、途方もない数の人々が後から後から詰めかけてくる。

おかげでさ　するりとな
抜けたとな
おかげでさ　するりとな
抜けたとな

次々とやって来る男女は、単調な節まわしの合言葉を口々にはやし立て、踊るように軽やかな足取りだ。

そろいの白衣に菅《すげ》の道中笠、緋縮緬《ひぢりめん》のパッチで足もとをかためる職人や商人の威勢のいい百人連れ。ふだんの野良着姿のまま、傘を背負い、筒状に丸めた寝ござを小わきにかかえる百姓たちの群れ。赤いしごきに白い脚絆《きゃはん》、そろいの手甲《てっこう》と少々おしゃれをした町娘や若年増らの一行……。

そして、公卿《くげ》侍のなりをした神楽師の四人連れ、瀟洒《しょうしゃ》な比丘尼《びくに》姿の三人組の少女ら、長い錫《しゃく》杖《じょう》を手にした山伏風の男たち。やや場違いに映る人影も、人混みの中にちらほらする。

そんな大人たちに遅れじと、これも菅笠をかぶり小さな柄杓《ひしゃく》を腰に差しはさむ子供の一団が先を急ぐ。下は六つ、七つから、上は十二、三まで十人ばかりが草履《ぞうり》をひきずりながら、声だけは元気よく「おかげでさ」と張り上げる。

宿場の町並みは東西に十六丁（約一・八キロ）余。ゆるやかに曲がり、いくらか起伏のある幅二間ほどの道の両側に、旅籠や商家など四百戸余りの家々がびっしり軒を連ねる。

今しも、その子供の一団が宿場の中心地・高札場《こうさつば》がある中町にちょうどさしかかろうとしていた。あまりの人波に、町民はうっかり道も横切れない。

子供組の中に、年少の子より頭一つ抜け、一番の年かさに見える少年がいる。ねんねこをはおり、背中になんと赤ん坊をおぶっている。

「長八めだ！」

「見込み通りやな、やっぱり抜け参りに加わっとった」

目配せとささやきを交わし合い、これも道中姿の若い町人ばかりの三人連れが高札場の陰からぬっと現れた。人波をかき分けるようにして三人は子供組に近づき、赤ん坊をおぶった少年を取り囲むと、問答無用とばかりに無言のまま高札場の方に引っ立てる。

「おのれは、主の大事なお子をおぶったまま、勝手にお店を抜け出しよって。よくもまあ、大それたことをぬけぬけと」

「お子が無事かどうか、みんながなんぼ心配したことか。お前のたどった道筋がわからんよって、三人して手分けし昨日今日と血眼《ちまなこ》やったんやぞ！」

年若い町人たちは少年を高札場の陰につれこみ、憤懣《ふんまん》の色あらわな頭分《かしらぶん》を先頭に口々に叱責しはじめる。

たまたま高札場のわきで、一部始終を目撃していた二人連れがいる。共に頭に網代笠《あじろがさ》をかぶり、墨染めの衣に白脚絆、素足に草鞋《わらじ》ばきという姿の龍海と慧鶴だ。

（二）　多生の縁

若い町人らにしかられ続け、長八と名指された少年は目を伏せ、黙りこくったままだ。顔立ちはかわいいが、どこか愁いを含んだ表情に翳《かげ》がある。やがて一筋二筋と涙がほほを伝い、しゃくり上げはじめた。

頭分の若者がしびれを切らし、半ばおどし、半ばなだめすかすように、

「いい加減に観念せいや。幸いお子は無事のようやし、お店に帰参の口添えはしてやるから、安心しい。今夜は無理やが、明日は京へ引き返すさかいな」

と声をかける。が、長八はいやいやをするように、首を横に振った。

色をなした頭分が長八につめ寄ろうとした時、龍海が割って入った。

「この子にも言い分はあろう。それを聞いてやってからでも、遅くはあるまい。あまり角張って言いつのると、かえってサザエのごとく口が閉まるというものよ」

慧鶴も、わきから
「おれなども子供時分は大の泣き虫だった。この子の姿に昔のおれが重なって、他人《ひと》事とは思えん」

と、半ばおどけて口出しする。

二人の坊さんの思わぬ仲裁にびっくりしながら、長八はホッとする面持ちだ。

龍海と慧鶴が身元をあかすと、

「わては利平と言います。京都は一条通りの指物《さしもの》屋『小松屋』の手代どす。連れ二人は丁稚《でっち》から手代に昇格したばかり、まだ西も東も分からん身でおます」

と頭分の若者も応じる。

二十代半ば位の利平は、これまでの経緯を二人にざっと説明した。

二年前に大和・吉野山から丁稚奉公に入った長八は、まだ十三歳。生まれて一年足らずの赤ん坊の子守が役目だ。望みの指物の技とか商いの仕方を教わるでなし、来る日も来る日も、背中の赤子のごきげん取り。その鬱屈《うっくつ》がはじけたか、二日前、伊勢神宮の守り札を部屋に残し、赤ん坊ごと行方知れずとなる。

利平らは一日遅れで京都を出発。長八の足取りが不明ゆえ、利平は東海道をそのままたどり、後の二人は途中草津で分かれ伊賀街道の別経路へ。長八をどこかで追い越し、ここへ先着していた。

龍海は慧鶴と阿吽《あうん》の呼吸でうち合わすと、利平に言った。

「坊のわけありげな様子がどうも気になる。『袖触れ合うも多生《たしょう》の縁』、『旅は道連れ世は情け』と言う。どうであろう、我ら二人が泊まる旅籠は東の追分のすぐそば。お主らと相部屋をしてもかまわんが。宿代は一人二百文（約四千円見当）だ」

利平の顔に喜色が浮かび、

「助かります。ほなら、お言葉に甘えさせてもらいます」

と、ぺこり頭を下げる。他の三人も利平にならった。

長八が赤ん坊のおしめを取り替えるのを待ち、慧鶴は皆を先導して通りの雑踏を突っ切り、斜め前にある菓子屋に向かった。

（三）　慶安の人出

『堀川屋』の暖簾《のれん》を下げる目当ての店は、立派な構えがひときわ目立つ。二階の漆喰《しっくい》壁の中央に掲げられた木の看板には、なんと唐破風《からはふ》の屋根が付いている。歌舞伎の芝居小屋などで見かける庵《いおり》看板のこしらえで、屋根の両側に魔よけの獅子を配し、中央に関の字をかたどった瓦が乗る凝りようだ。甘いものに目がない慧鶴は、その風情に気を引かれた。

皆を伴って店内へ入り、名代《なだい》の餅菓子『関の戸』を探す。小豆の漉《こ》し餡《あん》を求肥《ぎゅうひ》で包んだその菓子は、小ぶりで丸く薄べったい。慧鶴は六人分をまとめて注文した。めいめい立ち食いの格好でぱくついてみると、とろけるようでいて甘さをおさえた上品な味は期待を裏切らない。

土間の先は畳の間で、帳場がある。そのわきに、『御室御所御用所《おむろごしょごようどころ》』と墨で書かれた菊の紋章入りの木箱が置かれ、説明文がある。龍海は、それに目をとめた。

「この餅菓子は『三代将軍・家光公のころの寛永年間に考案・発売され、たちまち評判をとる。京都の御所からも注文が入り、宮中御用達の誉れに浴した』由だ」

帳場に座る銀髪のでっぷりした店の主が、待ってましたとばかりに口を添える。

「その木箱が、うちの餅菓子を京へ丸二日かけて輸送した荷担箱《にないばこ》どす。箱の前後を公卿侍の衆が警護し、途中一泊する石部の宿では不寝番まで付くものものしさやった、とか」

利平や長八らは気を呑まれたように押し黙り、由緒ありげな餅菓子の味にひたすら堪能《たんのう》している。足腰の疲れも甘いものでいやされ、回復のほどはかなり違うはずだ。

土間から一尺ほど高い畳の間を仕切る上がり框《かまち》に龍海は腰を下ろしながら、

「はるか以前の慶安時代に、やはり大がかりな抜け参りがあったと聞き及ぶが、主どのはご記憶があろうか?」

と問うと、打てば響くように、

「覚えとりますとも。あれは慶安三年、今から五十五年前どす。わては当時十二歳、あのえらい騒ぎは忘れるわけがおまへん。あまりの人出で商売にならん位どした。今日かて同じようやから、もう店仕舞いにしようか、思いましたわ。皆さんが入っておくんなさったで、閉めんでよかった。ほかの衆もさあどうぞ、お座りなさって」

主は話好きと見え、奥へ六人分の茶の催促をする。

如才ない勧めに、慧鶴が軽く会釈して龍海のわきに座ると、利平ら四人もおずおずと上がり

框《かまち》に腰を下ろす。龍海は再び口を開き、

「連れは東国育ちゆえ、抜け参りの事情にうとい。その辺りの初手から願いたいが」

「はあ、抜け参りいうのは、小僧さんとか奉公人が店の主人の許可を得ずに主家を抜け出て伊勢参りに出かけることを指します。また、親がかりの身の女子や子供衆が父母の許しなしに家を抜け出しお伊勢はんに向かうのも、やはり抜け参り言いますなあ」

龍海は隣の慧鶴がうなずくのを確かめ、

「後学のために、慶安の折のてんまつをぜひ伺っておきたいが」

と興味しんしんの表情で、主に先を促《うなが》す。

「慶安の抜け参りは三月半ばから五月にかけてどした。一日千～二千人、多い時は数千人の若い者や女子衆、ほとんどが白衣姿でしたが、ここを通過して行きよりました。初めは京都から始まり、段々近江《おうみ》や大坂さらに近畿一帯へ広がっていったようどす」

「父によると、それに先立つ正月下旬から三月上旬にかけて江戸はじめ東国からの参加が多く、箱根の関での調べでは日に五～六百人が伊勢詣《もう》でに通過。これは、江戸の商人が仕掛けてはやらせたという見方がもっぱらだった、とか」

「さようどす。人々が異常な動きを見せる時は、なんか裏で仕掛けが働いとることが多いようでおますな。なんせ、伊勢参りそのものが大きな商売になりますよってｰ」

鉄瓶の湯が切れたのに気づき、主は奥へ声をかけ、急須の茶の入れ替えも指示する。長談義を苦にするふうは一向にない。

（四）　お伊勢はん

伊勢の地場の人間として、しかも事情通と自負するらしい店の主のうんちく披露が続く。話の要点はこうだ。

伊勢神宮はそもそも皇室の祖神・天照大神が祭神。古くは天皇や公卿、後には武家の加持祈祷《かじきとう》をおこなって栄えた。ところが、中世の戦乱がたたって式年遷宮がおこなえないほど一時は荒廃する。

建て直しのため、下級の神官たる御師《おし》たちが各地へ散って、積極的な布教に乗り出す。農村部では、食物を司《つかさど》る外宮の祭神・豊受《とようけ》大神の豊作祈願のお札をまいたり、農事暦を配るなどして御利益を説き、集団参拝を促す組織的勧誘を始める。

京都方面から徒歩で伊勢へ往復するには、ふつう一週間はかかる。道中に必要な路銀《ろぎん》の工面は、庶民には頭の痛い難題だ。このため、室町中期に編み出されたのが伊勢講で、積立金を利用して加入者が順ぐりに伊勢参りに行ける。講をしかけた御師たちは参拝者を満足させるべく、経営する宿屋で豪勢な料理や歌舞でもてなし、夜は絹の布団に寝かす。土産話にと、二見浦《ふたみがうら》などの名所や歓楽街へ案内までした。

「うわさがうわさを呼び、死ぬまでに一度はお伊勢参りに行きたいものよ、とだれもが思うようになりますわ。伊勢講にはとても手が出せぬ水呑百姓や町家の奉公人、そして出歩きのままならぬ女子供にしろ、話に聞くお伊勢はんに行ってみたいのは人情。そんな連中でも、無銭で伊勢道中ができるからくりが抜け参りなんですわ、早い話が」

「文字通りの一文なしが、どうやって道中を過ごすのだろうか？」

掛け合いのように龍海が口をはさむ。

「お百姓衆が小わきにしていた寝ござがおまっしゃろ。あれは、橋の下とか神社や寺の縁の下で野宿するのに使います。丸めたござの先に差したり、そこのお子のように腰にはさんどる柄《ひ》杓《しゃく》。これは水飲み用というより、お金や食べ物を頂くのに使うんですわ。つまり、柄杓は無一文の印、抜け参りの旗印みたいなもんどす」

「なるほど、合点がいった。で、前回の慶安の抜け参りと今回のそれ、時代を隔てた二つを観察された感想はいかがかな。違いはあろうか？」

「まず、規模がまるで違います。一日に通過する人数が慶安は千人単位やったが、今回は万人単位で十倍ほども多い。ああこれは抜け参りやな、と気づいてかなりたちますが、どこまで増えるんかいな、と空恐ろしうなるくらい。そして、衣装が変わった。前回はただの白衣姿だったのが、今回は元禄のご時世のせいか派手になっとる。女子衆はもちろん、町人や職人の面々まで身なりをしゃれるようになりましたな」

「なぜ、今回はそんなにどえらく増えたものか？」

「一つは、出かける方の気軽さ。うちの家人の話ですわ。『おかげでさ、抜けたとさ』のはやし声につられて衝動的に家を飛び出した、ともらす者。お米をといでいた女房や娘が着の身着のまま行列の中にパッと飛び込んだ、という目撃談。あまりに話が軽いんで、耳を疑いとうなった、言うてましたな。世も末や」

主はため息をつくと、茶碗のお茶をごくりと飲み、再び話し出す。

「いま一つは、抜け参りを支える仕組みどすわ。お伊勢参りをする者は奇特な心がけなんやから、抜け参りであろうと後押ししてやらんと神罰が当たる、と言う。善根宿《ぜんこんやど》と言うて、旅籠がただで泊める。食い物もただ。草鞋が切れれば、新しいのをくれる。足を痛めた者には駕籠《かご》や馬に乗せて、ただで運ぶ。はては、銭まで持っていけと言い出すんやから、もう驚きですわ」

主は、その「神仏への報恩のための施し」の具体例を書き付けた紙片を取り出し、

――京都では、室町・三井は銭千貫、同じく室町の加賀屋は金百匁《もんめ》……。大坂では、鴻池一統が天神橋の浜で一人に銭百文ずつ……。

と読み上げる。そして、たたみかけるように
「こんな具合やから、無一文で出かけた子供が銀を手にしてもどって来たという例がこの辺でも現にあった、と聞きます。施しをするんはお伊勢はんの神徳に報謝という気持ちなんやが、もらう方はそんなことはどうでもいい。日がたつにつれ、段々もらって当然と不届きな考えになり、中にはただ金をもらう目的だけで抜け参りに加わるという不らちなやからさえ出てきた、とまで言いまっせ」

しびれを切らしたように、利平がいきなり長八に向かって言った。

「お前は、まさか銭などもらっとらんやろな?」

半分泣き声のようながら、憤然とした調子で長八が言い返す。

「わては、そんな真似しまへん。お給金をためた百文を持っとるし、夜は神社とお寺で横になっただけや。食べ物は恵んでもろうたが、銭などビタ一文もらっとらんから」

慧鶴があわてて割って入る。

「よし、よし。長八はそんな子じゃないよな、よう分かっとる。ご主人、龍海兄者、おかげで抜け参りの次第、ようく呑み込めましたわ。餅菓子も茶もうまかったし、言うことなしや。宿の刻限もある。大きにごちそうさんどした」

わざとらしい上方弁でおどけてみせ、潮時と見た慧鶴は皆を促して席を立った。

利平は、急にむずかりだした赤ん坊を長八から受け取り、自分の背にしっかり負ぶった。主人に見込まれただけあって、責任感はなかなか強そうである。

（五）　関宿本陣

目の前の高札場の後ろに、『関宿本陣』と名乗る御殿さながらの屋敷がある。本陣とは大名や高位の公卿だけが使える旅館で、豪勢な門構えと玄関を誇り、屋敷は二百坪もの広さがある。幕令で外様大名の参勤交代は四月と決められ、本陣は今が書き入れ時だ。この関宿本陣の門前には、「本日の宿泊は福岡藩黒田侯」と記した関札が掲げてある。

（大名行列が宿舎に入るのは夕刻以降だ。ぼつぼつその見当だが、この雑踏と行列がかち合うと、えらい騒ぎになる）

胸騒ぎがし出した慧鶴は皆の先に立ち、目抜きの人混みを縫うようにして足早に東へ向かう。しばらく先の右手に『伊藤本陣』と名乗る立派な屋敷が見え、さらに行くと今度は左手に『川北本陣』というこれまでで一番豪勢な、また別の本陣が現れた。

関宿は近畿と中京をつなぐ東海道の交通の要衝だ。宿場の東端で、南へ下り津を経て伊勢神宮へ向かう伊勢参宮道が分岐。西端では、加太峠《かぶと》を越え伊賀上野～奈良に通ずる伊賀街道が分岐する。すぐ東隣の亀山宿は城下町に位置し、気兼ねする大名行列は宿泊を避け、関泊りを選ぶ傾向がある。さほど広くもない関宿に豪勢な本陣が三軒もそろうのは、そんな事情による。

一行の一番後ろにいた龍海が足を早めて慧鶴に並び、話しかけた。

「石高二十万石以上の大名の参勤は幕令で、馬上の士十五〜二十騎、足軽百二〜三十人、中間《ちゅうげん》・人足二百五十〜三百人が定めだ。荷物輸送の人夫が千人以上、荷馬が百頭ほど別に要る。本陣などへの宿泊代もさることながら、この仰々しい道中への費《つい》えたるや莫大も莫大。途方もない無駄遣い、とは思わんか」

武家の出らしく、内情に明るい具体的な指摘に、慧鶴は無言のまま大きくうなずいた。町の区割りは中町を過ぎ、旅籠に比べ町家の比率が多い隣の木崎《こざき》町に入っている。

いつのまにか物売りの子供が四、五人、一行に付きまとい始めた。長八とちょうど同じ位の背格好の小僧が慧鶴の前に立ちはだかり、

「よう、うまいよ。買うとくれ」

と、手づかみにした饅頭《まんじゅう》を突き出す。つんつるてんの粗末な着物から突き出た手足や顔は垢《あか》じみ、真っ黒けだ。背中に大きな竹籠を背負い、草鞋や松明《たいまつ》用の火縄の束・野菜や山菜などの食材・道中案内の刷り物など雑多な中身が透《す》けて見える。

慧鶴の後ろから龍海がずいと進み出ると、

「先を急ぐ身でな、悪いが次にさせてもらうぞ」

と声をかけるなり、小僧の着物のえり首の辺りを右手でさっとつかむ。軽々と抜き上げ、左に振って道端に下ろすと、素早くその手に一文銭何枚かを握らせたようだ。

（さすがは武家上がり、鮮やかな手並みだ）

と、慧鶴は舌を巻く。

（六）　東の追分

龍海のなじみの旅籠『明石屋』は、東海道と伊勢参宮道との分岐点・東の追分のすぐ手前にある。この東の追分には、伊勢神宮へ通ずる参道の起点を示す「一の鳥居」が建つ。鳥居わきに小高い石垣が組まれ、上に常夜灯や「是《これ》より外宮十五里」と記した道標がある。

街道をはさむ一の鳥居の真向かいに、「御馳走場《ごちそうば》」と呼ばれるかなり広い空き地がある。宿場の人々や旅人らが大名行列や高位の公卿の一行を送迎する場所なのだ。

慧鶴らが明石屋の前に着くと、一丁ほど先のその御馳走場から大柄な女性が一人、龍海に手で合図しながら小走りにかけてくる。

龍海は、みんなに
「あれが女将《おかみ》のお島だ。一見派手に見えるが、気立ては悪くない」

と、なじみのゆえんをかいつまんで話す。

龍海の父の儒学者・熊沢蕃山が幕府の忌諱《きい》に触れ、明石に十年ほど蟄居《ちっきょ》させられていた当時のこと。十歳ぐらいのお島と、後にその連れ合いになる明石屋の当主・三右エ門が共々、蕃山のもとへ手習いの稽古に通ってきていた。

「私は少し年少だったが、同じ手習い仲間だったたゆえ気心は知れている。なんと二人は十代で駆け落ちしよって、ここ関宿へ住み込みの奉公人として落ち着いた。跡継ぎのない先代に見込まれ、夫婦養子になって旅籠を栄えさせ、故郷をしのんで明石屋と最近屋号を改めたのだ」

龍海がそう話し終えたところへ、息をはずませるお島が到着する。目がぱっちりと大きく、色白のふくよかな肌は、大年増の年格好とは映らない。近ごろはやりの勝山髷《まげ》に髪を高く結い上げ、華やかな大柄模様の元禄小袖がよく似合い、その片身変わりの派手さもそんなにおかしくない。

龍海はお島に対し、利平ら四人を同室させたいと、事情をうちあけた。

「相部屋になさるのは構いませんが、食事は予約客の分しか用意がないので……」

とお島は口ごもる。さらに、お島や女中らは黒田侯の出迎えを宿役人に依頼されていてお手上げだ、とも言う。

「大根や人参・牛蒡《ごぼう》など根菜類と豆腐の買い置きはあるかな?」

と龍海がただすと、お島はうなずく。ホッとした顔の龍海は、

「夕食のおかずは汁兼用で具沢山のけんちん汁にする。禅坊主のおはこゆえ、造作はない」

と、利平らに言い聞かす。

その時、一の鳥居の方を気にしていたお島が、

「来た、来た。さあ、お待ち兼ねの黒田さまの行列だよ!」

と甲高《かん》い声を上げるなり、今来た御馳走場の方へ逆もどりに走り出す。

駿河の宿場町育ちの慧鶴は、大名行列は別に珍しくもなんともない。だが、長八には得がたい機会かも知れない。と、とっさに思うと龍海に後を頼み、慧鶴は長八と一の鳥居へ向かった。

(七) 大名行列

先に陣取っている大勢の見物客の中にまぎれ込み、慧鶴と長八は鳥居のわきの石垣の上に登ってみる。思ったより見晴らしがよく、南へ伸びる伊勢参宮道のはるか彼方からやってくる福岡藩五十二万三千石、黒田侯の千人余とも思《おぼ》しき行列が一望の下である。

折しも夕日は西の加太峠の彼方に沈みかけ、その照り返しが街道筋を薄赤く染めている。先備えの騎馬や徒士《かち》の侍たち、鉄砲や弓を手にする足軽組、道具箱や槍《やり》を持つ中間・人足たちが近づく。長い、長い行列の中ほどに黒田侯自身が乗る豪奢《ごうしゃ》な駕籠が見える。美々しいそろいのお仕着

せに身を固めた屈強な体つきの中間たちが八人がかりで担ぎ、その前後左右を小姓役・近侍《きんじ》の侍一隊が騎馬や徒士で厳重に警護している。

その先払いとして、黒い房や毛皮を付けた飾り槍や黒田家の紋所《もんどころ》をしるす馬標を掲げる供回りの一隊が歩む。さらに、君侯の位置から少し距離をおいて前と後ろに重臣や家門に連なる権臣らの騎馬や駕籠の分隊も見える。

そうするうち、先備えの一隊は一の鳥居をくぐり抜け、御馳走場に進入、集結し始めた。

先触れの足軽や軽輩の侍たちは道筋にあふれんばかりの抜け参りの群衆相手に、「片寄れ！」「片寄れ！」と声をからす。「下にー」「下にー」と沿道の人々を制止し、土下座させる権限を持つのは徳川将軍家の行列と、それに準ずる親藩たる、御三家の大名行列だけだ。それ以外の一般の譜代・外様大名の行列には、通りすがりの人々は土下座せずともよく、「片寄れ！」の掛け声に応じて、道端に寄って身を避けるだけですむ。

長蛇を思わせる黒田侯の行列は、粛々と近づいてくる。衣帯の衣《きぬ》ずれ、人馬の足音より以上の物音はかすかにも立てず、その整然としたたたずまいは見る者を打つ。行列が飾り槍や馬標を所持する一隊や、道具箱を担う駕籠かき組の番にさしかかった時、慧鶴は故郷の原宿ではかつて目にしない不思議な光景に出くわす。

一歩、また一歩、と足を運ぶ人足や中間たちが奇妙な動作・ふるまいを見せ始める。槍持ち組は片足を上げる時、つま先を前に歩く者の尻に届くすれすれまで高く持ち上げる。その足と反対側の片手は、前方へ水平にさし伸べ、さながら空中で遊泳するかのような体位をとる。

駕籠かき連中は担い棒を手から離して肩に乗せ、もろ肌脱ぎのように両袖を肩までまくり上げ、露出させた両腕のうち片手を頭上に垂直に伸ばす。もう片方の手は水平に横に伸ばしつつ、さも際どい曲芸を演じているかのごとく、得意そうな態度を示す。また、歩みを細かにし、膝《ひざ》をぴんと張り、身体をわざとこわ張らせてみせたりもする。

槍組も駕籠組もその奇妙な所作に打ち込むさなかも、本来の職務をなおざりにしてはおりませんとばかり、人目を引く動作も欠かさない。後生大事に担ぐ飾り槍や道具箱を一歩踏み出すたびに、あっちこっちとこれ見よがしに振り動かしてみせるのだ。

(すべては沿道の観衆の目を意識する余りのこと。ああいう誇張した演技によって見物人を恐れ入らす腹だろうが、そうは問屋がおろすかどうか)

慧鶴の推量にたがわず、傍らの長八はもう我慢ならないとばかり、プーッと吹きだす。諧謔味《かいぎゃくみ》やこっけいさがあればまだ救われるが、これはもう失笑以外の何者でもない。慧鶴は地元の者らしい隣の男に尋ねてみた。

「ほかの大名行列でも、ああいう奇妙な所作は見られるのだろうか？」

「この辺りでは、みんな『馬鹿歩き』と呼んどります」

渡り中間や、渡り人足といった連中が始めたものらしく、三年位前からはやり出し、見物客が大勢いると張り切るのか決まってやり出す、と言う。

（大名行列の愚劣さ、馬鹿馬鹿しさを、はしなくも象徴している。こんなこけ脅しをやらなければならない政治の仕組みはおかしいし、まちがっている）

慧鶴は暗い思いを振り払うように、長八を促し石垣を下りると、宿へ向かった。

（八）　旅籠「明石屋」

沿道の家々は塀や仕切りがなく、間口が狭く奥行きが深い。ほとんどの家に中二階があり、そこに格子をはめて軒を出している。一階の前面が連子《れんじ》格子に虫籠《むしご》窓、二階は漆喰《しっくい》壁に出格子窓という造りが多い。虫籠窓は漆喰で塗りこめた堅《かた》格子窓だから、格子と格子のわずかな透き間からしか外は見えない。

（あれでは光も風もよう入らんだろうから、暗かろうし、息苦しかろう。所変われば品変わる、とはよく言ったもの。宿場町でも、家郷の原宿とはおよそ違う）

慧鶴は辺りのたたずまいに目をやりながら、人混みの中を進んだ。

明石屋は二階建てで、一階は入口の横が細かい格子、二階の前面は塗籠の土壁という関の標準的な造りだ。間口は四間ほどで、奥行きは狭い坪庭の部分を含め、その十倍ほどもある。一階の奥、坪庭に面して主《あるじ》夫婦と子供たちの居室が設けられ、その手前に厨房《ちゅうぼう》や湯殿、手洗いがある。そこから入口にかけて、女中や飯炊きなど従業員と素泊まりが前提の貧しい客たちがざこ寝をする粗末な大部屋が二つ続く。

その大部屋二間から、ざわめきがもれる。襖《ふすま》を開け放ち一続きにした大広間に若い娘ばかり三十人ほどがひしめいている。座ったり、立っていたり、てんでんばらばら。勝手なおしゃべりに夢中の面々もいる。女将のお島が敷居の中央に突っ立ち、何か言い聞かせる腹らしい。慣れぬゆえ、顔が汗ばみ、声が上ずっている。

宿に着いた慧鶴と長八はその光景を横目に廊下を通りぬけ、厨房に向かう。根菜や豆腐をゴマ油で炒《い》りつけるうまそうなにおいが立ちこめ、けんちん汁は最後の仕上げに入っている。共同作業で仲間意識ができたせいか、龍海と利平ら三人はすっかりくつろいで談笑の真っ最中だ。

大部屋の騒ぎについて、龍海にただすと、

「抜け参りの連中が粗相を起こさぬようにと、宿場を挙げて受け入れに動いたのだ。お島も宿役人に言い含められ、やむなく騒がしい女子衆ばかりあんなに引き受ける羽目になった。福岡藩の方も、宿場の難儀を見て家来衆の宿所の一部を隣の坂下宿や亀山宿に急きょ振り替えたり、これまた精一杯の協力はしたようだ」

か。

と、答えが返ってくる。

利平の背に赤ん坊がいないので聞くと、お島が乳の当てがあるからと預かってくれたのだ、と

龍海はお島に、二階へ六人分の配膳を頼む。一同は一階にある帳場のわきから急な階段を上った。一番奥の南に面し日当たりがいい、床の間付きの十畳間が予約ずみの部屋だ。

けんちん汁のおかげで、皆のお膳は幾分か潤って見える。

おもむろに慧鶴は首にかけた頭陀《ずだ》袋の中から、竹の皮でくるんだ包みを取り出した。皮を開いて中身の黒っぽい干からびたかたまりのような代物を利平や長八らに示し、

「浜納豆といってな、保存が利くから旅先で重宝する。上方育ちのそなたらは無論知るまいが、栄養はあるし、非常食には持ってこいなのだ」

と半ば自慢げである。大垣の瑞雲寺をたつ前に携行用に造りおきをしたものだ。

（九）　抜け参り異聞

うちとけた雰囲気のうちに、夕食が始まる。

腹ごしらえができたところで、慧鶴は抜け参りを再び話題にした。

「幕府や諸藩、つまりお上は抜け参りに対し、いかなる態度で臨もうとしておるのか。おれには、もう一つピンとこんのだが」

ただちに、龍海の答えが返る。

「まず、前回慶安の折の騒動から説き起こそう。幕閣は当初、抜け参りを御触書《おふれがき》や諸法度《しょはっと》の掟に背くけしからぬ行為と見て、禁じようとした。庶人とりわけ百姓衆の移動はご法度だからな。勝手に動かれては、田畑の維持や作物の収穫にも差し障りが出るからだ」

そこで一息入れると、龍海は次のように説いた。

「しかし、幕閣の考えはやがて変わる。抜け参りには、下々の者どもの不満をそらす、あるいは不満のはけ口となる、一定の効果があると気づいたのだ。となると、腰が引けてくる。おとがめといっても、伊勢からもどった後に譴責《けんせき》を受ける程度だ。

もう一つ理由がある。参加者は在方《ざいかた》でも町方でも最下層の貧民が多く、言うなら幕閣にとってはお荷物だ。そのお荷物が一時的にせよ、消えてくれるのは為政者にとって悪くはない。事実、道中の不慮の事故でもどってこぬ者もかなりある、と聞く。政治の世界というのは、冷酷でしたたかな計算の上に成り立っているようだ」

慧鶴はただしてみた。

「世間の動向、たとえば餅菓子屋の主が先刻触れた報謝とか施しとかの動きは幕閣に影響を及ぼすのだろうか？」

「それは、当然影響する。元禄以来、幕府や諸藩は勝手向きが苦しく、借りがある京大坂の富商たちに頭が上がらん。その大商人が報謝の名のもと大っぴらに施しに動く。そのように商人たちを動かせるお伊勢さんの威光には、幕閣といえどもはばかりがあろう」

慧鶴は利平の方に向き直り、水を向ける。

「京からの途中、何か聞き及んだことは？」

「昨晩泊まった草津の宿で、女中が言うとりました。風紀の乱れがおまんのや、って。長八の前でなんですが、『おかげでさ』のはやし言葉に卑猥《ひわい》な文句を混ぜ込んだり、担いだ幟《のぼり》にみだらな絵を書き入れたり。窮屈な日常から急に解放された気分いうのがありまっしゃろ。男も女も気持ちが浮き立っております。野宿の折など、まるで獣同士さながら戯れ合って一夜の過ちを犯す例も多い、とか」

黙然と聞いていた龍海が口をはさんだ。

「なにせ、あれだけの人数だから、さまざまな出来事が起こる。慶安の例だが、道中の宿場で運悪く食い物が切れる場合がある。十里も二十里も飲まず食わずで、歩くほかない。宿にあぶれ、野っ原にうち伏して寝てしまうこともある。ついには病に斃《たお》れて家にもどれなんだ、という記録が残っている」

（十）　長八の身の上話

慧鶴は長八の表情をじっと注視し、そろそろ頃合と話しかける。

「坊、いい話、悪い話、いろいろ出たな。さあ、どうする？　利平さんたちと明朝、京へもどるか。それとも、やっぱり、お伊勢はんへ向かうか」

長八は、すぐには声が出ない。いろいろな思いが交錯するのか、子供らしからぬ難しい表情をした末、身の上話を交えて自分の心中をぽつりぽつり明かす。

長八は吉野山の木地師《きじし》の家に生まれた。四人姉弟の二番目、長男である。よく気の合うお稲という二つ年上の姉がいる。貧しいながら、一家はそこそこ幸せに暮らしていた。

三年前の暮れ、不景気のあおりを受け年越しの算段に頭を痛める一家に、甘いえさがまかれる。吉野を縄張りにして羽振りがいい伊勢神宮の御師が、「お稲を養女にしたい。縁組料ははずむ」と持ちかけたのだ。まとまった金が入るなら自分はどうなっても、とお稲は二つ返事で承知してしまう。

翌年夏、盆休みで京都から帰郷した近在の知人から、小松屋に丁稚《でっち》の口があることを母が聞いてくる。今度は、「わてが手をあげる番や」と、長八の決心は早かった。指物屋なら木地師とかかわりがある。京で商いを学べば、吉野に将来もどってからもきっと役立つ、と子供ながら計算したのだ。一家を思い、十年という長い年季期限も一向に苦ではない、とさえ思えた。

食後の茶を味わいながら耳を傾けていた慧鶴は、長八に視線を向けて言った。

「事情は相分かった。で、肝心かなめの点だ。坊の足を何が何でもお伊勢さんに駆り立てるやむにやまれぬ思いとは、一体何なんだ？　願かけか？　それとも、吉祥願いか？」

きっぱりと長八は答えた。

「いいえ、どちらでもあらしまへん。わては、お稲姉ちゃんに会いたいんや」

一瞬、大人たち五人に驚きの色が浮かぶ。その反応に、皆の予期せぬ答えをしたのだと察し、長八は姉に会いに行かねばならぬ事情をこう説明した。

一月ほど前、母から手紙が届き、「お稲の身が気がかり」とある。伊勢講でお宮参りに出かけた村人が、二見浦の歓楽街で客引きをするお稲とよく似た娘を見かけた、という。真偽はまだ定かでないが、御師の言に従った浅はかさを悔いている、とあった。母の心配が分かり、抜け参りに混じって現地へ赴き、己の目で直接確かめようと思案が固まる。

幸い、道中では不思議に親切な人たちとばかり出会い、神仏のご計らいかと元気が増す。

また、普段はすぐむずかる赤ん坊が昼も夜もよく眠ってくれ、世話なしだった。

わけても、琵琶湖のほとり瀬田の建部《たけべ》神社社殿に泊めてもらった初日の夜。どこか威風ありげな山伏の一家と同宿し、乳飲み子を抱える女房が長八の背の赤ん坊に乳を飲ませてくれ、事情を聞かれる。一部始終をうちあけたところ、男気のある山伏はすっかり同情。自分たちも伊勢参りに向かうので、御師のふるまいの究明に力を貸し、場合によっては山伏仲間に声をかけてお稲救出に一役買ってもいい、と約束してくれる。

あくる日の昨日は一家と行動を共にし、昨夜は水口《みなくち》の大池寺《だいちじ》で同宿した。明日は伊勢参宮道の途中で再び合流し、一緒に神宮をめざしたい、と言う。

障子を開け放ち、階下の坪庭の風情に目をやるふうだった龍海が、向き直って告げた。

「利平さんよ、この勝負、坊の勝ちよ。私たちも用がなければ、伊勢まで坊につき添ってやりたいくらいだ。小松屋の主どのも事情を知れば、きっと坊の心根を哀れんでくれよう。禅坊主二人がそう話していた、と京へもどったら、主に伝えてもらえんかな」

利平ら四人は深々と頭を下げ、感謝の意を表した。

慧鶴は長八に右手を軽く上げて合図し、「良かったな」と茶目っぽく片目をつぶってみせた。

長八は一切合切しゃべり終え胸のつかえが下りたのか、顔の愁いはすでに消え、表情が晴れやかに見える。

（ふとしたはずみで、心に沁みる出会いができた。今宵限りのかりそめの縁かも知れぬが、人の世の巡り合わせとは真に不思議なものよ）

長八並びにお稲の前途に幸多かれ、と慧鶴は心底念じずにはいられなかった。

第三章　関の地蔵院

（一）　お犬さま死亡届

翌日早暁、龍海と慧鶴がまだまどろむうち、利平ら三人と長八は宿を出立していた。ゆっくり五ツ（午前八時）に朝食をとり、外出の身支度をした二人は階下へ降りた。玄関わきの帳場で、主の三右エ門が一枚の半紙を前にしかめっ面をしている。

龍海がちらっと目をやり、

「なに、死亡届！　だれぞ、亡くなられたか？　それは、ご愁傷さま」

と声をかけた。とたんに、ため息まじりの声が返ってくる。

「人の死亡届やおまへん。お犬さまのでんがな。わてもそりゃあ犬好きどすが、こんなん書かんならんとは往生しますわ。それこそ、殺生な話や」

わきから慧鶴がのぞくと、書きかけの半紙には

――死亡届　斑毛《まだらげ》女犬一匹相煩《あいわずら》ヒ候ニ付、御犬医《おいぬい》薬用ヒ候へ、並《ならび》ニ御犬針立《はりだて》ニモ御処置願へ共、療治相叶《かな》ハズ今朝損《そん》ジ申シ候……。

とある。同様に目を走らせた龍海がつぶやく。

「針立とは鍼医のことか。主どのも手厚いのう」

三右エ門のぼやきが続いた。

「難儀なんどすわ、書式も分からんよってに。ご政道批判と取られとうはないが、死亡届まで出せ、いうのはなんぼなんでも行き過ぎと違いまっか」

主の説明は、こうだ。

五年前から飼う白・黒斑の雌犬が腹の中にしこりができ、食欲をなくす。手当ての甲斐《かい》なく衰弱し切り、未明に息を引き取った。時の将軍・綱吉のお声がかりで出された『生類憐みの令』により、日本中の犬の戸籍が整っている。飼い犬が死ぬと、ちゃんと経緯を記して届け出ねば、おとがめを受ける。

「戌《いぬ》年生まれの公方様でっから、やれ戸籍だ死亡届だのそりゃあ、お犬さまは生類一般の中でも特別扱い。でも、お犬さまだけではおまへん。田畑を荒らす猪を狩ったから、とお百姓衆五人が隠岐へ島流し。大事に飼うとる鶏を食い殺す野良猫をたたき殺した、いうて博労《ばくろう》が領外追放や。この界隈《かいわい》だけで近年、そんな難儀な話がごまんとありまっせ」

小鼻を膨らませた三右エ門の声音が、やり場のない憤懣の色を帯びる。

「いや、ごもっともだ。二十年ほど前の布令当初は、生きた鳥・魚の売買を禁じ、病気の牛馬の捨て置き禁止といった程度。それがどんどん拡張され、獣はもちろん、鳥類・魚介は卵に至るまで一切食せず、生あるものはノミ、シラミ、蚊、ハエに至るまで殺生はまかりならぬと相なった。どう考えても、おかしい」

少し間をおき、龍海は沈みがちな声で言い足した。

「本当は諸大名や幕臣たちも、心ある者は分かっておるはず。こんなご政道は間違っとる、と。だが、相手が天下の権を一手に握る将軍様とあっては、どうにもならん。まあ、主どのよ、愛犬の供養のためでもある。少々手間でも、ここは委細をていねいに書き記してやるほかあるまいな」

半べそをかいた顔に苦笑が浮かび、ぺこりと三右エ門は頭を下げた。

（二）　公方ゆかり

伊勢の関に宿駅が設けられたのは戦国時代末期。駅名を俗に「関地蔵」と呼ぶのは、ここに日本最古の地蔵尊をまつる地蔵院があり、一帯が門前町として発展してきたゆかりがあるからだ。龍海が慧鶴を関宿に誘ったのは、この地蔵院訪問が直接の目的である。

明石屋がある木崎町から中心街の中町を抜け、西の新所町入口にある地蔵院までは七、八丁ほど。抜け参りの群衆や大名行列の一行が朝早く出立したため、人通りはあまりない。先を行く龍海を追いながら、今朝方の彼の述懐を慧鶴は思い返していた。

――お主が大垣を離れると知り、共に関地蔵を見ておきたくなった。人々がなぜこの仏像を伏し拝むのか、考えてほしい。合わせて、父・蕃山の思い出を今少し語りたかったのだ。その経世済民の志は、衆生救済の願いに通ずるものがある。父の無念を晴らすためにも、耳を傾けてもらえまいか。

（どこをどう見込まれたか分からぬが、果報なこと。心して承らねば）

緊張と期待をないまぜに、慧鶴は思わずかしこまった。


表は薄日が差し、ぽかぽかした陽気だ。先を歩く龍海が足を止め、話しかけてくる。

「先ほど犬公方の話が出たが、目当ての地蔵院はなんと犬公方ゆかりの寺なのだ」

「ええっ、どういうわけで？」

「子細はこうだ。五年前の元禄十三年、壮大な本堂が落成したが、これが公方の寄進にかかるのだ。公方の母御・桂昌院が関の地蔵尊を厚く尊崇すること一方ならず、その祈願によって公方が誕生したいわれがあるそうだ」

「なぜ、桂昌院どのは江戸からはるか遠い関宿のお地蔵を信仰したのだろう？」

「それ相応のいわくがある。本尊・地蔵菩薩の坐像は遠く天平年間、今から千年近くも昔の奈良時代に、生き菩薩と敬われた行基《ぎょうき》上人が刻んだもの、という」

ここで、龍海は寺伝が伝える経緯をかいつまんで紹介した。

――聖武天皇の天平の御世、国中に天然痘が大流行する。人々が次々と亡くなっていくのに心を痛めた帝《みかど》は行基を召し、悪疫をなくし、人々を救うよう命じる。伊勢参拝の帰途、上人は当地で地蔵の坐像を刻んで祈祷。人々に護法の印を配り、地蔵の名号を唱えるよう教えた。その功徳によって、さしもの疫病もようやく平癒を見る。

「その尊いいわれにより、関の地蔵院は聖武天皇勅願所の称号をたまわった。桂昌院という犬公方の母御は、京都の八百屋の生まれだ。京育ちゆえ、御所がらみの因縁には弱い。ご利益を請うなら勅願所の関の地蔵尊に限る、と相成ったようだ」

「里謡にあるな。『関の地蔵に振袖着せて、奈良の大仏婿《むこ》に取る』と。ここのお地蔵は、さほどに日本一の器量良しであろうか？」

「その通りだ。拝む度にほれぼれとし、感に堪えぬ思いをする」

やりとりを交わすうち、高札場や本陣のある中町をいつのまにか通り過ぎ、なだらかで美しい曲線を持つ本堂の大屋根が左手に見える。二人は地蔵院の前にさしかかっていた。

(三)　黒幕二人

真新しく壮麗な本堂の左に、愛染堂《あいぜんどう》と呼ばれる小ぢんまりした建物が建つ。龍海はその愛染堂の前で足を止め、

「悪名高い『生類憐みの令』の背後に、黒幕が二人いる。一人は、犬公方の生母・桂昌院。も

う一人が、隆光と名乗る怪しげな坊主だ」

とささやくと、その隆光が黒幕にのし上がったてんまつをこう明かした。

綱吉が将軍に就任したての二十余年前のこと。美食家で米は白米しか口にしない公方は、「江戸患い」(脚気《かっけ》)と呼ばれる足元がふらつく病にかかる。白米食ばかりの上、毒見の詮議《せんぎ》のせいで、新鮮な野菜の取り方が足りなかったのだ。

典薬頭とか奥御医師が診るが、治らない。呼ばれたのが、城中に詰める祈祷師《きとうし》・隆光。綱吉が将軍になる前の官職が「右馬頭《うめのかみ》」だったと知り、江戸城から北西の方角へ「馬」の字の付く土地へ行き、「そこで養生すれば、必ず治ります」と託宣する。

その条件を満たす江戸郊外の練馬に行き、別荘を建てて静養に努めた公方はほどなく全快する。朝夕田園の中で過ごし、採りたての野菜や果実を始終口にする暮らしだった。この一件で、隆光のご託宣は霊験あらたかだ、と一遍に公方の信用を博す。

「ちなみに、余談を一つ。この折、公方は尾州藩からもらった尾州大根の種子を近辺に植えさせた。これが地味に適し、よく発育する。収穫した大根が『練馬大根』の名を得て、今日珍重されるに至った由だ」

「なるほど面白い。隆光坊主も、さる者だ。して、肝心の『生類憐みの令』とは、黒幕としていかように関わる?」

「犬公方は、兄の将軍・家綱に嗣子がなく、三十代半ばで予期せぬ将軍職に就いた。就任まもなく、自らも不幸にして嗣子・徳松を失う。以後、男児に恵まれぬ上、自身の健康・長寿にも不安があり、隆光にどうしたものかと相談したのだ」

「待ってました、と隆光が『憐み令』発布を勧める寸法だな」

「その通り。戌年生まれの公方は、大の犬好き。隆光は『お犬さま愛護』を進言し、生き物全てへの愛護を説く。自分をやはり尊崇する桂昌院とも語らい、『前世の罪障をなくし、現世に吉祥をもたらす』と公方を説きつけ、元禄直前に『令』発布へこぎつける」

「愛護を口にするだけならいいが、かかる費用はどうしてくれる?」

「それよ。江戸城奥で狆《ちん》を百匹も飼い、その狆を輿《こし》に乗せて表を往来さす辺りまでは、個人の道楽ですむ。が、法令で世間一般にも強制しようとなると、話が全く変わるのだ」

その詳細について、龍海は数字を挙げて述べ立てた。

犬公方にお追従《ついしょう》をするごとく、将軍側《そば》用人・喜多見重政が江戸市中の野犬の愛護・収容を唱える。元禄八（一六九五）年、江戸郊外・中野に十六万坪の御囲い地を用意。最高で年に四万頭の野犬を収容し、費用は年三万両を超す。江戸城近辺の四谷にも直営の大きな御犬小屋・子御犬養育所が造られ、その維持に年十万両をさらに要した。

「こうした費用は『犬扶持《ぶち》』と称し、江戸の町人や天領の関東村方へ賦課金《ふかきん》として付けを回して寄越すから、民草《たみぐさ》はたまらん。よく暴動が起きんな、と不思議なくらいだ」

「いやはや、言葉を失う。犬公方の気まぐれとだけでは、すまされん」

「かかると言えば、収容するのは犬どもに限らぬ。法令で密告制度が設けられ、お犬さまを虐待した者は告発され、獄送りになる。手づるのある公儀筋からもれ聞くところ、これまで全国で延べ数千人が入獄したという」

龍海は暗い顔になり、長くなった立ち話を小声でこう締めくくった。

「多くの入獄者らの苦労、かかる費用もさることながら、問題はいま世間を覆っている、やり切れん気分だ。三百諸侯、二万余の旗本・御家人がいて、だれ一人諫止《かんし》の声を上げる者はおらん。これが、救いのない閉塞感につながっていく。昨日目にした抜け参りの狂騒、あれこその閉塞感の裏返しでは、と私には映ったが……」

（四）　地蔵の目もと

龍海は、立ち話を続けた愛染堂《あいぜんどう》の前から左手の鐘撞堂《かねつきどう》の後ろに慧鶴を伴い、そこに建つ書院の窓越しに声をかけた。現れた二十過ぎの若者が堂守りの久蔵である。旧知の龍海と懐かしげにあいさつを交わすと、書院と渡り廊下でつながる愛染堂に逆もどりする形で二人の案内に立つ。

「本堂が新築されるまではご本尊さまはこちらにござり、ここは地蔵堂と呼んどりました。空いた後に愛染明王《みょうおう》さまをお祀《まつ》りしたため、愛染堂と改めた次第です」

廊下を歩きながら、久蔵は慧鶴にぼそぼそと説明する。

渡り廊下から扉を開けて入った愛染堂の中は灯一つなく真っ暗で、久蔵が手にする大きな百目蝋燭《ろうそく》の火だけが頼りだ。そう広くない床はすべて板敷きで、後ろの方に須弥壇《しゅみだん》と呼ぶ台座が設けられ、上に厨子《ずし》が安置されている。その厨子は太閤秀吉が寄進したといわれ、さすがに豪華な造りだ。蝋燭のおぼつかない明かりでも、閉まったままの正面の扉に銀箔が押され、上に透かし彫りの模様をはめ込む凝りようがうかがわれる。

厨子の中の愛染明王は秘仏で、年に一度盛夏のころ催される愛染祭りの日にだけ開帳される決まりだ。

「お目当てのご本尊さまとはちゃんとご対面がかないますよって、愛染さまのご開帳はお許しを、とのお上人の言伝てでした」

と久蔵は頭を下げる。

愛染堂を後に、久蔵は二人を本堂へ案内した。堂内は思ったより明るい。目がなれると、本尊厨子の前の祭壇の仏具や柱の彩色模様まで、はっきり見分けられる。きらびやかな中にも厳かな雰囲気が漂い、慧鶴はおのずと身を正す。

中央須弥壇の上にある金箔の厨子の扉が開かれ、天下一と評判の地蔵菩薩像が目の前に全身を現している。身の丈三尺三寸余りの坐像は、木像に漆《うるし》が重ねてあるのか総身が黒々と光り、伏し目がちな表情はゆったりとした優美さをたたえている。座って瞑想にふけり、いかにすれば猖《しょう》獗《けつ》を極める厄病から衆生を救えるか、と一生懸命に考えている。

慧鶴には、この坐像が行基上人その人であるように映った。

お地蔵の優しげな目を見直すうち、前年五月に亡くなった母・お妙の目もとそっくりと気づき、ぞくっとする。わが子から絶対に目を離さない、徹底して優しい目である。ひたと見すえ、全神経がわが子に集中しているまなざしだ。

（家郷を離れて、早一年。いつ真の良師に出会え、いつ真の悟りを開けるのか。絶えず不安と焦燥に駆られ、おれは未だ無明のうちにさ迷っている）

慧鶴は亡き母に心配をかけたままの己をすまないと感じ、熱いものが胸にこみ上げてきた。

本尊厨子の後ろにまわると、そこは通路になっていた。壁際に壇があり、大きな仏像が何体も並ぶ。寺の長い歴史の中で、人々が厚く信仰を寄せた古さびた仏たちのようだ。中でも、比較的新しい七尺近い身の丈の地蔵の立像が堂々としていて目を引く。

「身代わり地蔵の異名がおます」

と注釈した久蔵が、子細をこう話す。

十年ばかり前のこと。地蔵院を取りしきる宣雅上人が本堂建立のため、資金集めを思い立つ。地蔵の信者である江戸・護持院の隆光和尚の口利きもあずかり、元禄十（一六九七）年、地蔵の江戸出開帳《でかいちょう》が許される。六月初め、この大きな地蔵をご本尊の身代わり役に奉じて関を出発。津から海路で品川に着き、下旬に本所・回向院《えこういん》に入る。

七月半ば、この身代わり地蔵は江戸城三の丸御殿に祀られ、将軍・綱吉の生母・桂昌院らが参拝。この後、九月末まで二か月余り回向院で地蔵の開帳を行う。市中の各寺の僧をはじめ諸大名や夫人ら多くの人々が参詣し、多額のお布施を寄進した。建立資金のめどが付き、翌年に本堂造営に着手。二年後、首尾よく落成の運びとなる。

黙って聞いていた龍海がちょっぴり苦い顔になり、横から口を入れた。

「地蔵院の本堂建立は『将軍・綱吉の寄進による』と麗々しくうたうが、なあに内実は桂昌院の企てよ。そして、その母御を裏で操っているのが正体怪しげな隆光坊主。お布施のかなりは、途中でだれぞの懐へ消えておらぬか。大金が動く裏では、たいてい怪しい影がちらつく。それが世の習いだと言えば、それまでだが……」

（五）　一休の開眼供養

本堂の案内を終え、久蔵は
「根を詰めて御覧のご様子、さぞお疲れでございましょう。粗茶をご用意いたしますれば、どうぞご一服なされて」

如才なく言い、ふだん詰めている書院へ二人を案内した。土間で草鞋を脱ぎ、中へ上がった慧鶴は部屋の造作が立派なのに目を見張る。柱や天井、欄間《らんま》の造りがことごとく凝っていて、格式ある地蔵院の付属建物にふさわしい。

広い畳敷きの客間は、ふすま四枚いっぱいに松とつがいの雉《きじ》の取り合わせが色鮮やかに描かれている。ふすまを開けた中の部屋が上段の間と呼ばれ、一段高くなった部屋の中央に畳二枚が置かれている。床の間に一休禅師の絵が掛けられ、下に年代ものの香炉が二つある。大名や高位の公卿らが地蔵参詣に訪れた折に休む部屋だと久蔵は説明し、

「宿場本陣にある上段の間に引けを取りません」

と、ちょっぴり鼻をうごめかす。

一休の手になる掛け軸を見て、

「この地蔵院は、とんち話のあの一休和尚とも面白い因縁があるのだ」

と龍海は口を切り、その経緯をこう話した。

室町時代の享徳元（一四五二）年、今の愛染堂に当たる旧本堂を大修理する工事があった。た

またたま旅姿で通りかかった一休禅師に里人が地蔵尊の開眼供養を頼む。一休はその供養として、

『釈迦は過ぎ　弥勒《みろく》は未だ　出でぬ間の　かかる憂き世に　目明かしめ地蔵』

と詠じる。

「弥勒は釈迦入滅後、五十六億七千万年の後に現れ、釈尊の救いに漏れた衆生を救済するという未来仏だ。その弥勒が未だ現れぬ、このような辛い世の中に『地蔵菩薩よ、目を開いてほしい』の意であろう」

と龍海は注釈した。

一休は一首詠んだ後、地蔵尊の足元に小便をひっかけるなり、立ち去ってしまう。

――こんなはずは……。

と里人はかんかんに怒るが、後の祭り。やむなく、近所の別のお坊さんに供養を再度頼む。ところが、供養になるどころか、たたりのような変事が相次ぐ。思い直した里人は桑名まで一休を追いかけ、供養のやり直しを懇願する。

禅師は身に着けていた衣を外して渡し、

――お地蔵の首に掛ければ、たたりは止む。

と請合う。

地蔵院にもどった里人が言われた通りにすると、たたりはすぐに止んだという。

龍海は、久蔵が入れた茶をごくりと飲み干すと言った。

「一休和尚の所作は、俗世間の目からすれば確かに奇矯と映る。が、禅者流に言えば、四角四面の開眼供養などくそ食らえとなるから、和尚の風狂ぶりも一向に変ではない。和尚は当時五十代後半で、京都御所の権威を借りる臨済禅・大徳寺主流の在り方を在野の立場から手厳しく批判していた」

久蔵がおずおずと続けた。

「今は全国どこも、お地蔵さまというと首によだれ掛けでっしゃろ。あれは、一休和尚の衣掛けの故事に出来するそうですわ。いわく付きのその衣は、大切な寺宝として今も地蔵院のどこかにしまわれてる、といいます」

（六）　熊沢蕃山

時刻は真昼をとうに過ぎている。龍海と慧鶴は宿で握らせておいた握り飯を頭陀袋からそれぞれ取り出し、久蔵がついでくれるお茶をお代わりしながら腹ごしらえをした。

「これから本堂に詰めますんで、私はこれで」

と頭を下げ、久蔵は姿を消す。

差し向かいの慧鶴に視線を合わせ、龍海はゆっくり話しかけた。

「関の地蔵を拝んで良かった、とお主の顔に出ておる。ここへ案内した甲斐があったというものだ。仏像が初めて造られたのは、釈迦の死後五百年ほどたつ、今から千六百年余も昔のことだ。仏像なるものがなぜ造られたのか、考えたことがあるか?」

「仏教を広く伝えんとする布教のためでは」

「それは無論ある。しかし、宣伝の具とのみ軽く受け取るとまちがう。仏像は、経典に書かれた難解な記述と縁遠いもろもろの衆生に、仏の教えを端的に示すために造られたのだ。仏像には、仏教の教え、仏教の神髄が表現されておる。その神髄とは、あの地蔵の顔にありありと浮かんでいた慈悲の心よ」

「おれも、それは承知しているつもりだが」

「知ってほしいのは、その教化の方法だ。例えば父・蕃山は、儒学者には珍しく仮名書きの平易な文章を多用した。民衆が好む歌謡を作ることもした。もろもろの衆生に語りかけんとしたのだ。その甲斐あってか、蕃山は文楽や浄瑠璃の世界で主人公ともてはやされ、人気を博した。蕃山が民衆に接近すれば、民衆の側もちゃんとこたえてくれるのだ」

「なかなか示唆に富み、ありがたい。もっと話を聞かせてほしい。人間・蕃山をまるごと知りたいのだ。生い立ちから、人生行路、成功と挫折……、蕃山を蕃山たらしめたその思想形成までの一切合財を」

慧鶴の反応に手ごたえを感じ、龍海の声に張りが出る。

「父は元和《げんな》五（一六一九）年、京都市中に生まれた。四年前の元和初年は、大坂夏の陣で豊臣方が滅び、徳川の天下が名実共に確立。いわゆる元和偃武《えんぶ》の時代が始まる」

龍海は当時の時代相と蕃山の家系・生い立ちについて、こう述べた。

元和五年は二代将軍・秀忠の政権晩期。元和偃武を象徴する事態がいろいろ起きる。安芸《あき》・備後《びんご》五十万石の外様大名・福島正則が改易処分を受け、城地没収に。一方、家康の第十子・頼宣が十八歳で五十五万五千石の紀州藩開祖となる。六年前禁教となった切支丹宗徒六十余人が、京都・四条河原で火あぶりにされる。堺の船問屋が菱垣《ひがき》廻船と呼ばれる江戸廻船を就航させるのも、この年のこと。

野尻姓を名乗る蕃山の父・一利《かずとし》は浪人の身で、蕃山は六人兄妹の長男。父方の野尻家は元は織田信長の家臣で、一利の祖父・曽祖父は城主を務める身分だった。

母方の熊沢家の祖父・守久は福島浪人の出で、家康の第十一子・頼房が始祖となる水戸藩二十八万石に出仕し、三百石を給される。蕃山は八歳の時にこの外祖父の養子となり、八年を過ごす。

戦国の流れをくむ養父の厳しいしつけもあり、蕃山は質実剛健を旨とし文武両道の練磨にひたすらはげむ。

その家系が幸いし、蕃山は十六歳の折に岡山藩主・池田光政に児小姓として出仕がかなう。三年後、島原の乱が起き、一旗挙げようと実父・一利は討手側へ参陣。が、翌年、負傷して帰郷する。蕃山は致仕《ちし》し、父母弟妹と近江・桐原村へ移る。

「この隠忍の時期が、次なる飛躍を準備する。それから三年、琵琶湖対岸に『近江聖人』たる儒学者・中江藤樹が住む、と知る。訪ねて門下生として住み込み、儒学の基本を一から学ぶ。この出会いにより父は、人生の方向が決定づけられたのだ」

龍海はいったん口をつぐみ、一息入れた。

致仕して七年後の正保二（一六四五）年、二十七歳の蕃山は岡山藩へ再出仕がかなう。二年後、側役となって知行三百石。さらに三年、三十二歳の蕃山は知行三千石の鉄砲組番頭《ばんがしら》に一躍抜擢《ばってき》される。自らも儒学を学び文治主義を藩政の柱に掲げる藩主・光政は、名君の誉れ高い人物。藤樹のもとで研鑽《けんさん》にはげんだ蕃山に有為の才を見出し、藩政のかじ取りを任せ二人三脚で岡山藩の興隆をめざす。

「その期待通り、父は岡山藩のため縦横に手腕を発揮する。『民こそ国の本』と農民保護に尽くし、その仁政のたまものか在職中、農民で入獄する者は皆無だった、と聞く」と述べた龍海は、その委細を縷々《るる》説明する。

承応三(一六五四)年に岡山藩が未曾有の大洪水、それに引き続く凶作・大飢饉《ききん》に見舞われた時、幕府から借金したり藩庫を空にして領民を救済し、ただの一人も餓死者を出さずにすむ。根が武士のため実践を重んじ、机上の空論を嫌った。「治水林政は治国の本」と自然保護の大切さを説き、自ら植林作業や土木工事の現場に赴いた。

土地の古老や木こりらから意見を聞き、川筋の住民によく状況をただした。手がけた堤防は堅固な造成で知られたが、蕃山は工事に手抜きが起きぬよう、綿密周到な配慮をする。動員された農民には通常の二〜三倍の高い賃金を払い、十分な休養を取らせていたわり、その持てる能力を最大限に活用するよう図った。

「独創的なのは、作業員が楽しく能率よく働けるように、と合唱歌を工夫したことだ。雅楽や和歌・今様を好む素養が生き、作曲・作詞とも自ら手がけ、『蕃山歌』の名で親しまれて今も各地に伝わっているほどだ」

聞き入る慧鶴は目を丸くし、口をはさむ。

「さようによく努めた蕃山先生が、志半ばで失脚される羽目に陥るとは。惜しみても余りあるな」

「心ある者なら、皆そう感ずるはずだ。父の無念を思い、私は必ず胸がつまってしまう。これから先は夜一杯やりながら……」

龍海の声に潤みがあるのを察し、慧鶴は無言でうなずき返した。

（七）　知行合一

日はまだかなり高く、吹く風はさわやかである。二人は本堂に控える久蔵にあいさつをし、地蔵院を後にした。

宿への帰路を黙々と歩く龍海に、慧鶴は話しかけた。

「おれは儒学がちんぷんかんだ。蕃山先生の専門は確か陽明学で、幕府官学の朱子学とは違うはず。その二つは、どこがどう違うのかな?」

「いや、無理もない疑問だ。なまじ学者先生などが御託を並べると、何が何やらわけが分からんようになる。朱子学では『先知後行』と言い、陽明学は『知行合一』と言う。ここが急所だ」

龍海にそう言われても、慧鶴はピンとこない。それを察し、龍海はさらに言葉を重ねる。

「朱子学は経験知の大切さを説き、『広く知を致して事物の理を究《きわ》めてこそ、実践に移れる』とする。陽明学が言う知は、先天的に人にそなわる道徳知・良知を指し、『知は行の本、行は知の発現であって、知と行は同時一源のものだ』と説く。平たく言えば、『学んでから行え』が朱子学、『考えながら行えばよい』が陽明学、というのが私流の解釈だ」

慧鶴がやっと納得顔になるのを見て、龍海は追い討ちをかけるように、

「朱子学を奉じて幕府政治顧問の地位を手中にした林羅山は『帝王が選ばれるのは天命であり、人民はそれに従順たれ』と説いた。一方、藤樹・蕃山の師弟は『帝王たる者は徳を積み、民に仁政を施すべき』との立場だ」

と指摘し、

「父は、幕閣にへつらって知と行が相伴わない羅山を『ものよみの博学』『ものよみ坊主』と呼び、眼中に置かなかった。古代中国の聖賢の言葉ばかりを絶対視し、己の頭で考えようとしない愚かしさを見抜いていたのだ」

と締めくくる。これで溜飲《りゅういん》が下がったとばかり、龍海の顔に笑みが広がった。

宿にもどった二人は早速、軽く一風呂浴び体の汗を流した。地蔵院で根を詰めて見たり聞いたりした疲れがどっと出て、慧鶴は急に眠気が兆す。

部屋でごろり横になると、とろとろまどろんでしまう。うつらうつらする中、まだ見ぬ花のお江戸の町中へ、輿に乗った「御犬様」の狆《ちん》がやって来る。道端で土下座して出迎える大勢の中に、己の姿が幻のように浮かぶ。思わず「ちぇっ」と舌うちしたとたん、浅い眠りから覚め、慧鶴は意識がはっきりした。

龍海はすでに席についている。二人さし向かいの食卓の上は、結構にぎやかだ。宿定番の夕食のおかずに加え、慧鶴の好物の田楽焼きや膾《なます》の酢和えが彩りを添える。別の盆には、伊勢の地酒を満たした徳利が三本とぐい呑みが二つ、用意ずみだ。

宿の主夫婦の心尽くしがうれしく、慧鶴が謝意を口にすると、

「あの二人は明石在住の子供のころ、父から読み書きを学び、しつけも受けている」

と龍海は教育者・蕃山の横顔について、こう説明する。

岡山藩参政のころ、蕃山は庶民教育に力を入れ、郡ごとに手習所を設け、最盛期には百二十三か所を数えた。女子も分け隔てせず迎え入れたため、備前・牛窓《うしまど》村の漁師の娘が老翁に『孝経』を読んで聞かせるという逸話を生み、他国にまで評判を呼ぶ。

手習所の後身として創立された藩校『閑谷学校《しずたに》』は規模が大きく、近隣藩士の子弟や他藩からの留学生も受け入れるなど融通性・開明性があった。藩校設立は全国初めてであり、その先駆的な試みが注目され、全国から見学者が絶えなかった。

「それで合点がいった。先生の参政当時に農民の犯罪者が皆無だった、という先ほどの話が。教育の効果がいかに大きいか、思い当たる」

慧鶴は一々うなずきながら聞き入った。

（八）　慶安の変

「さて、昼間の話の続きだが、経世済民すなわち世を治め民の苦しみを救う実を挙げた功労者が、なぜ失脚する羽目に陥ったのか？」

と慧鶴は尋ねる。

龍海はぐい呑みの酒を一気にあおり、いささか荒い語気で答えた。

「それに答えるには、父の運命に蹉跌《さてつ》をもたらすきっかけとなった、ある事件の説明をせねばならん。『慶安の変』と言えば、お主も聞き覚えがあろう。五十年以上も昔のことゆえ、私も、お主も、むろん未だ生まれてはおらん」

その事件のあらましについて、龍海はこう説明した。

慶安の変とは、慶安四（一六五一）年に由井正雪や丸橋忠弥らが起こした倒幕の陰謀事件を指す。正雪は江戸市中で門弟五千人を抱える楠木流軍学者として知られ、出羽浪人・忠弥は無双の槍の達人として名をはせていた。江戸・駿府・京大坂で同時に挙兵しようとのもくろみが露見し、忠弥は捕われて誅《ちゅう》され、正雪は自刃。一味はあえなく壊滅し、一件はあっけなく幕となる。

しかし、事件が残した波紋は決して小さくはなかった。正雪が遺書を残し、この変の背後には深刻な浪人問題が潜んでいる、と訴えたのだ。その遺書には、「政治が無道で、上下困窮することと心ある者は皆悲しむ。酒井忠勝ら要路の者を斥《しりぞ》けんがため、騒ぎを起こす気になった」とあった、という。事件の主因は執政者に対する不満にあり、その不満とは困窮する浪人たちへの幕政の無為無策にある、と指摘していたのだ。

慧鶴は尋ねた。

「その浪人だが、いかほどいて、いかなる困窮を強いられていたのか？」

「核心は、そこだ。関が原の役から元和偃武を迎え、天下の帰趨《きすう》が定まる。幕府は遠慮会釈なく大名の取りつぶしにかかり、浪人が世にあふれる時代を迎えたのだ」

と指摘した龍海は、その委細について次のように述べた。

関が原合戦から慶安初期までの五十年間にざっと四十万人、年にして八千人ずつの浪人を生んだ、と公儀筋は推定している。運よく再就職がかなう者もおり、それを差し引いた純浪人は年に五千人ずつほど出る勘定。家族や奉公人まで含めれば年に三万人ずつほど無収入のまま放置され、かつその階層はどんどん膨れ上がる一方、と推測される。

大名取りつぶしの後、新しい領主が進駐する。「浪人払い」と称して旧領から追い立てを食う、むごい仕打ちが待っている。都に上っても、寄宿したり、借家する場合、浪人は厳しい制限を受ける。知識階層の武家上がりゆえ、身を落としてまでとの矜持《きょうじ》も邪魔をする。生きていくため妻女や娘が街頭に出て身を売る、という哀話すら聞かれた。

「この事件は、そこまで追い詰められた浪人たちが一か八かの大ばくちに出た、という見方もできるのだ」

「そこは得心がいく。が、それが蕃山先生の身の上とどう関わる？」

「不審に思うのも無理はない。元々が、無理筋の話なのだ」

龍海はため息をつくと、しばらく黙り込み、目をしばたいた。

「蕃山はなんと、慶安事件の黒幕と名指されたのだ。根も葉もないぬれぎぬを着せられた父の心中を思いやると……」

一語一句肺腑《はいふ》からしぼり出すように言葉を重ねる龍海の目に光るものがあり、声が潤んでいる。思いもよらぬ述懐に接し、驚きのあまり慧鶴はすぐには応答できない。何か居たたまれぬ思いに駆られ、自分の杯をぐいとあおる。

一拍おいて、龍海は
「指したのは、幕府最高儒官・林羅山。家康公から四代にわたる将軍の政治顧問を務め、事理を曲げて時勢におもねる曲学阿世のそしりを受けようが平然たるもの。世渡りの術にかけては、かの隆光坊主と甲乙つけ難いしたたか者だ」

と、その経緯をこう明かした。

羅山は、二十六歳も年下の若僧・蕃山が官学の朱子学にたてつき異端の陽明学を奉ずるのが、小癪《こしゃく》で気にくわない。かつ岡山藩参政として成功を収め、天下の名士とうたわれるその存在を嫌でも意識せずにはおられぬ。

例えば、蕃山が参勤のため藩主に従って江戸へ出府した折のこと。豪毅な気性ゆえ南龍公と呼ばれた御三家の一・紀伊頼宣は蕃山を自邸に招き、「敬礼し、送迎必ず門に及ぶ」ほどだった。宿所たる岡山藩中屋敷には、智慧伊豆とうたわれ幕政を主導した老中首座・松平信綱をはじめ列侯が駕籠を向け、「その言を乞うべく、列を成した」といわれる。

蕃山の思想に農民保護の色が強く、「民を国の本といふなり」とあるのを捉え、羅山は「その説は耶蘇《やそ》の変法なり」と攻撃する。耶蘇と言えば、慶安の変に先立つこと十余年前の天草四郎の島原の乱が人々の記憶に新しい。根拠の全くない悪辣《あくらつ》極まりない讒言《ざんげん》なのだが、羅山の言は時の大老・酒井忠勝を動かし、圧迫の手がその身辺に迫る。

蕃山出府から三年後の承応三（一六五四）年、酒井大老が京都で藩主・光政に直接「蕃山排斥」を談じ込む。その動きに、蕃山の異数の出世をねたむ門閥家老たち藩内守旧派が呼応し、これまた排斥の声を上げる。

「当初はかばい続けた光政公も翌々年、綱引きに負けるごとく蕃山の辞職願を呑む」

と語り終えると、龍海は放心したようにしばらく黙り込んだ。

（九）　参勤交代制批判

夜もかなり更けた。談論が熱を帯びるにつれ、酒量も増え、徳利はそろそろ空だ。明朝は二人とも出立が早い。ぼつぼつ切り上げ時か、と慧鶴は思う。

龍海は、再び口を開く。

「父のその後の人生が不本意に推移したのは事実。最たるものは貞享《じょうきょう》三（一六八六）年、六十八歳の折に幕府に提出した『意見書』の取り扱いだ。内容を危険視され、翌年幕命で古河城内に禁錮《きんこ》処分となる。彼の畢生《ひっせい》の大業と言っていい、この書の触りだけはお主にぜひ聞いてもらって、しまいにしたい」

と前置きし、こう力をこめた。

「蕃山の建言は、三点から成る。第一点は参勤交代制の批判。第二点は国土保全のための農兵制復活論。第三点は全国への学校創設・人材養成の提案。その三つのうち、幕閣の怒りを買ったのは始まりの第一点なのだ」

そして、そのゆえんを次のように述べる。

参勤交代は三百諸侯に過大な出費を強い、財政が逼迫《ひっぱく》するあまり諸藩は高率の年貢取立てに走り、百姓が甚だ困窮する。士・民が困窮すると、経済は活気を失い、工商も困窮する。かつ浪人も多く出て、世間が不安定になる。これは天下全てが困窮することで、将軍や幕府の天命も衰える。

「故に、参勤は三年に一度とゆるめ在府期間は二か月ほどに短縮すれば、諸藩の費《つい》えはよほど節約され士・民は困窮から救われる、と父は建言したのだ」

痛ましげに、龍海は言い足した。

「参勤交代制は大名統制で絶対支配を貫こうとする徳川幕藩体制の根幹を成す。これを真正面から批判したのだから、上書内容は綱吉はじめ幕閣首脳の忌諱《きい》に触れた。いわば虎の尾を踏んだようなものだ。父がとがめを受けるのも、幕府の論理からすれば当然過ぎるほど当然だった、と言えよう」

慧鶴は尋ねた。

「お父上と犬公方との間柄は、いかがだったのか?」

「父は『綱吉将軍の政治は不仁にして、厳しい為され方である』と常々口にしていた。公方が大老に抜擢《ばってき》した堀田正俊が貞享元(一六八四)年、殿中で幕臣・稲葉正休に刺殺された折は『天罰である』とまで言い切っている。直言癖《へき》は父の真骨頂であったが、それが自身に非運をもたらす一因になったのも確かだ」

すっかり語り終えた龍海は、肩の荷がやっと降りたとばかり、ホッと安堵《あんど》の笑みを浮かべる。

慧鶴は正座し直すと、感謝の気持ちをこめて深く拝礼した。この後、床につくや龍海は安らかな寝息をたてるが、慧鶴は酒の酔いがあるのに頭が冴え、寝つけない。

龍海とは大垣での出会い以来、一年余。実の兄弟以上に心の通う交りを重ねた。己がうとい政治や社会の裏面に関し多くを教わり、ものの見方や捉え方をめぐり少なからぬ示唆を授かる。得意の漢詩・漢文や書画の骨法について貴重な教示を受け、一方ならぬ世話になった。

何より、亡き父君・熊沢蕃山の人間性と思想を生々しく語ってもらえた今日の体験がありがたかった。その話の内容が多岐にわたり、重い意味を秘めているのに驚嘆した。「聖人」と奉られた師の中江藤樹に劣らず、蕃山こそ真に「聖人君子」の名に値する傑物では、との思いを深くする。

（蕃山先生の教えは、今後の禅修行や衆生教化の試みに必ず大きな力となる。いや、力にせずにおくものか。龍海兄者の厚意は無にせぬ。お二人の志はおれの心魂に生き、いずれきっと花開く）

そう己に言い聞かせ、慧鶴はようやく気持ちが安らぐのを覚えた。

第四章　富士山大噴火

（一）　伊予・松山

伊勢・関宿への二人旅を終えた後、京都の身寄りのもとに向かう龍海と別れ、慧鶴は再び美濃路へもどった。岐阜近在の禅寺を転々としながら修行を重ね、翌年春は北上し若狭・小浜の常高寺に身を寄せる。

入れ違いに郷里での弟弟子・恵松《えしょう》が自分を追って、身一つで大垣の馬翁和尚のもとへやって来たのを知る。恵松は生来不器用ながら、わき目も振らず一心不乱になる男だ。懐《ふところ》に余裕のない彼を、瑞雲寺に居候させるわけにはいかぬ。といって、知らん顔はできない。とりあえず近くの寺に預かってもらう段取りを付け、慧鶴は善後策を龍海に手紙で相談した。折り返し返事が来て、

――伊予・松山は城下が豊かなゆえ托鉢がしやすく、貧僧に甚だ具合がいい。

とあり、逗留先として正宗寺《しょうじゅうじ》という禅寺を推薦してきた。龍海は虚無僧として諸国をまわった実績があるだけに、貴重な知らせである。

併せて、松山藩十五万石に関する情報を次のように記していた。

藩主・久松家は徳川一門に列し、松平の称号を許され、四国・中国の外様大名の探題役を自任。先代・定行公はその期待に添うべく、藩の殖産興業に努めた。広島から牡蠣《かき》を、桑名から白魚を取り寄せ養殖して名産とし、茶や楮《こうぞ》を栽培し製紙業も起こす。また、幕府から長崎警備を命じら

れたのを奇貨として、藩士にポルトガルの洋菓子製造技術を学ばせ、和風味を加え「タルト」という地元名菓に仕立て上げた。

懐に余裕ができると、文化に目が向く。当主・定直公は今はやりの俳諧《はいかい》に熱を上げ、江戸在勤の折に芭蕉の高弟・榎本其角《きかく》に師事。自然、藩士の間にも同調する者が増え、辺鄙《へんぴ》な四国の一角に江戸俳壇当世風がにぎわう奇観を呈している。

また追伸として、関宿で別れた長八の消息について、こう知らせてきた。

京の一条通りに最近所用で赴き、ついでに指物屋『小松屋』に寄り、委細が判明。うわさ通り、お稲は客引きをしていたが、まだ幼いからと呼び込みの手伝いであった。が、曖昧《あいまい》茶屋に居る以上、「養女にする」との約束違反は明白。山伏仲間の応援も与《あずか》り、御師《おし》はお稲の身柄返却に渋々同意する。抜け参りの帰路にまぎれ込み、姉弟は無事に京へ着く。

小松屋の主は、長八の帰参を許し、お稲も住み込みの女中として働けるよう計らってくれた。二人の無事を両の目で確かめ、店の主には「お世話になります」と挨拶してきた。

手紙を読み終えると、慧鶴は胸のつかえが取れ、晴れ晴れとする思いを味わった。

（一晩限りではあったが、心に残る大事な所縁。ずっと気にかかっていたが、とりあえず一件落着かな。姉弟とも身に不安がないのは、なによりだ）

（二）　文墨との縁切り

夏になって、恵松ともども瀬戸内を渡海し、松山に赴く。慧鶴にとって、本州以外の土を踏むのは初の体験である。

正宗寺に落ち着いてしばらく、慧鶴は寺の檀家で松山藩家老の奥平藤右衛門という人物が催す会席に招かれた。茶話のついでに、家老は秘蔵の掛け物を何十本も披露する。その中に、錦の袋に大事にしまわれた巻物一巻があった。

床の間にするすると垂らされた掛け軸は、大愚宗築和尚の墨跡である。和尚は、江戸前期に朝廷中心の文芸復興を図った御水尾上皇《ごみずのおじょうこう》が厚い信頼を寄せた人物だ。

その書は、作者の発する深い気息により筆がおのずと立ち上がり、悠然とした点画を生成。いわく言い難い気韻、風韻が見る者を打ち、満座は水を打ったように静まり返った。

一見したところ格別うまいとも思えない墨跡に、瞬間、慧鶴はハッとする。

（「文は人なり」と言うが、「書も人なり」。おのずと滲《にじ》み出る書家の人格が、作品の真価を左右する。人格陶冶《とうや》に尽くすことが何より肝心なのだ）

と、心中深くうなずくところがあった。

夕方、寺の寮舎にもどると、諸国行脚の間ずっと持ち歩いていた書画数十点を全て表に持ち出す。仏道精進に迷いが生じ、文墨の世界に引かれるまま名品をもらい受けたり、模写したりしたものだ。庭の片隅に書画の束を運び、火を放って全部灰にしてしまう。

（これで、さっぱりした。文墨とはしばらく縁を切り、禅道一筋に精進せねば）

と自戒する。座右には、慈明和尚の故事などを記す『禅関策進』の一書があるのみだ。

あくる宝永四（一七〇七）年春、慧鶴は連れの恵松と共に正宗寺を辞し、本州にもどる。福山～備後～兵庫の禅寺を経て、船で紀伊半島を回り、伊勢に着いた。この旅先で、旧師・馬翁和尚が重病にかかり、看護に人手を欠いている、と知る。恵松と別れ、慧鶴は大垣に駆けつけた。

衰弱した和尚は、ほとんど寝たきりである。身寄りはなく、狷介《けんかい》な人となりが災いし、面倒を見ようという者は一人もない。慧鶴は町医者を訪ね、症状を伝えて薬湯を処方してもらった。三度三度の粥《かゆ》をこしらえ、口に運んでやる。手洗いに連れて行く。そして、禅堂内外の掃除や雑巾がけも忘れない。

けれど、進んで引き受けたことだ。弱音は吐かない。それどころか、「動中の工夫」にはげむ好機とばかり日中作務《さむ》に没頭する間も、心中では参禅しているつもりだ。独りで師と弟子の二役を使い分け、古来の禅語などを公案の問いとし、自分なりに答えを工夫する。

夜分は、病臥《びょうが》する和尚をかばう屏風《びょうぶ》の外で、横になることなく坐禅に打ち込む。ある夜、両手の甲に猫の頭ほどの車輪状のものがぐるぐる回っている。それが、毎夜続く。さすがに初めは少し怖かったが、かまわずにおいたら、自然に消え去った。この経験から、魔性のものは己の念頭から生じ、外から来るものではない、と悟る。

また一夜、坐禅にふけるうち、忽然《こつぜん》と身が空に浮き、南方に行くこと数十里。伊勢神宮や鳥羽城の上空を通り抜け、紀州の突端を過ぎんばかり。かくてはならじ、と思わず「えーい！」と大喝すると、和尚が「鶴や、一体どうしたのだ？」と起き出してしまう。

病人を介抱・看病すること三か月余り、やっと馬翁和尚は快方に向かった。

（どうにか師恩の一端に報いることができた。骨休めを兼ね、家郷の地を踏んでも罰は当たるまい）

そう考え、慧鶴は帰国の途につく。十九歳の時に原宿を離れて以来、実に五年にわたる長途の行脚であった。

弟格の禅僧・恵松への行き届いた思いやり、旧師・馬翁に対する甲斐甲斐しい奉仕。情に厚く、太っ腹な気性は天与の美質である。そして、諸国行脚を通して見聞を広め、波乱に富む体験も数々重ねた。

白面の青年僧・慧鶴は今や、風雨にたじろがぬ気骨をそなえつつある。

（三）　未曾有の異変

秋、家郷にもどると、ただちに慧鶴は母の墓参に向かった。家の菩提寺の日蓮宗・宗源寺にある墓前で手を合わせ、一心にお経を上げる。

（たった今、無事に帰着しました。貴重な体験をいろいろ積むことができ、これもひとえに母上のご加護のおかげ。今後とも一層の精進をお誓いします。本当はもっと長生きして下さり、悟道成就を果たす晴れ姿を確かめてほしかったのに……）

慧鶴は思いが胸につまり、目頭が熱くなった。

それから間もない十一月二十三日、天地を揺るがす未曾有の異変が駿河一帯を襲った。朝の五ツ（午前八時）ごろ、富士山の南東山腹・六合目辺りから突如、大噴火が起こる。

百雷が一度に落ちたかのような大音響と共に、天に届かんばかりの火柱がすさまじい勢いで立ち上がる。激しい地鳴りと同時に火口から真っ赤な溶岩が噴出し、空中を飛ぶうちにちぎれて紡《ぼう》錘《すい》形《けい》の火山弾となり、山麓の野や畑、人里に雨あられと降り注ぐ。

折からの西風に乗って火山弾や焼き砂は、火口から東へわずか二里半（約十キロ）ほどの須走村を直撃した。驚愕《きょうがく》する村人の眼前で、藁葺《わらぶ》き屋根が次々に黒煙を上げて炎上。火炎に包まれた立ち木は、天に向かって咆哮《ほうこう》するごとく枝を広げながら全身を焼き尽していく。

村民は鍋や釜を手に、右往左往するばかり。桶《おけ》をかぶって逃げ惑う者がいれば、鍋を頭にした母親が子供を捜して半狂乱に。まさしく、地獄絵図さながらの惨状である。

火口から南へ六里余り、原宿の街でも衝撃は変わらない。ものすごい地鳴りや震動と共に、火山弾や焼き砂が間近に襲来する。宿場の者たちは老人の手を引き、幼子を背に負ぶい、海岸の方へ避難した。

松蔭寺でも、兄弟子の透鱗《とうりん》和尚と寺男は驚きあわて外へ走り出て、近くの空き地に身を潜めた。独り慧鶴のみが泰然自若として禅堂にこもり、坐禅を続けている。

——すわ、とんでもない！

実家の跡取りである長兄がはせつけ、

「危ない！　早う逃げい」

と叫ぶが、慧鶴は耳を貸さぬ。

（捨て身の修行に挑まずに、水火も辞せぬ心が養えようか。自分が真に世の役に立つ者なら、神仏の加護があろう。さもなくば、非業《ひごう》の死を遂げようと、やむを得ん）

と腹をすえているのだ。

禅堂は造りこそ粗末ながら屋根が瓦葺きとあって、火山弾や焼き砂が当たっても炎上はしない。慧鶴は禅堂にこもったのが幸いし、かすり傷一つ負わず無事だった。

噴火は四日にわたって続く。やや火勢が衰えてから、なお半月余りもぐずついた。初めは蹴鞠《けまり》ほどの大きさだった火山弾は、時がたつにつれ桃やスモモほどになり、三日もすると豆粒ほどに細かくなった。とばっちりは駿河だけに留まらない。小田原では大砂利・中砂利ほどの石が降ったのが、戸塚辺りでは小砂利ほどになり、川崎から江戸にかけては黒砂が地を覆うまでに積もった。

噴火の余波は江戸にも及んだ。ねずみ色の灰が当日午後から降り始め、激しさを次第に増し、段々黒砂に変わり夕立のように屋根をたたいた。市中は真っ暗やみになり、ちょうど講義中の儒学者・新井白石は燭台《しょくだい》の火を借りるほかなかった。

降灰は一週間余にわたった。この灰を吸って喉《のど》を痛める人が相次ぐ。「喉の治療に利く」「砂下しだ」という声が広まってこんにゃくがやたらに売れ、こんにゃく屋大繁盛という珍風景まで生む。

被害は、とてつもなく膨らむ。須走村では富士登山者のための旅宿七十五軒中三十七軒が炎上し、残りは倒壊。降灰は深さ一丈（約三メートル）余にも達し、村民は焼死者・圧死者以外の生き残りの者も散り散りに逃散、一村全滅となった。

火口からは南西に当たる富士川東の内房村でも、山崩れで村民全員が死亡。岳南地方はどこも大きな被害が出たが、東海道沿いの集落がとりわけひどく、原宿から先の吉原・蒲原・由比の三つの宿場は壊滅状態に陥った。

富士山のなだらかで美しい山容は噴火で損なわれ、大きな火口の傍らに小高いこぶが一つ盛り上がる。噴火が起きた年の元号から、このこぶは宝永山と呼ばれることとなる。

（四）災害復旧

噴火が治まった後の年末から翌年春にかけて、慧鶴の関心は災害の復旧に集中する。駿河は幕府直轄の地であり、原宿には公用を帯びた幕閣役人らが江戸からよく往来する。実家の父は宿《しゅく》継《つぎ》業務を差配する宿役人も務め、二人の兄はその父を補佐している。慧鶴は松蔭寺と目と鼻の実家に度々足を運び、災害復旧をめぐる情報の入手に努めた。

幸い原宿近辺は、被害が比較的少なかった。

慧鶴は近隣の打撃が大きかった地域に赴き、生々しい惨状を目の当たりにする。

（これは坐禅どころではない）

と今さらのように愕然《がくぜん》とした。

同年輩の雲水仲間に声をかけ、家や田畑に降り積もった灰の除去作業に朝から晩まで当たる。

不安な日々を送る人々の暮らしが気になり、折を見ては現地に足を運んだ。

災害復旧の焦点は、降灰の後始末である。噴火が止んだ後、火山灰は半月ほどにわたって降り続いた。須走村にある富士浅間神社の鳥居は半分以上埋まり、家は屋根しか見えなかった。この須走村を筆頭に北駿《ほくすん》一帯の村々は、耕作不能の状態に追い込まれた。

幕閣は当初、被害状況を視察するのみで、

――降灰を取り除いて耕地を復旧するのは、村民の自力によれ。

という姿勢であった。

だが、村民たちが大挙して強訴《ごうそ》の構えを見せるなど反発が強いのを見て取ると、態度を変える。

翌年一月、幕府は勘定奉行・荻原重秀の名で、被災地以外の全国の村々に

――災害復旧のため、（田畑からの収穫）高百石につき二両ずつの国役金《くにやくきん》を課す。

と布令する。国役金とは、河川堤防の修築や朝鮮通信使来朝時の接待など公的に必要な臨時費用をまかなうため国単位に徴収する課金を指す。

須走村など北駿地方には、関東郡代・伊奈半左衛門忠順《ただより》が代官として任命され、現地に赴任する。飢人に対する食料支給・耕地に積もった灰の除去・流入する砂のため川底が上がって洪水の危険がある河川の改修、の三つが緊急の施策として必要だった。とりあえずは、富士山の東斜面

に源を発し相模西部を流れて小田原から相模湾に注ぐ酒匂《さかわ》川の川ざらいに、重点が置かれる。これは、人夫として出稼ぎに出かける北駿の農民たちに、貴重な現金収入をもたらす効果も生んだ。

一連の対策の中で、須走村には二千両近くが補助金として投下され、富士登山者に対する旅宿の再建が図られる。積もった灰の深さが三尺（約九十《チセン》）以上の三十九か村には同年三月から一年間、一人一日一合の米を支給。それ以下の灰が積もった十九か村には程度に合わせて砂はらい金を年二回支給することとなる。しかし、この程度の援助では不十分だったため、それらの地域では稲などの作付けはなかなか進まなかった。

（五）義人と泥坊

代官の伊奈は村民が窮迫する実情をつぶさに知り、深く心を痛める。幕府に非常米の供給を願い出るが、許しが下りない。眼前で村民たちが次々と斃《たお》れていくのを目にし、腹を決める。公儀に背き、代官所が保管する貯蔵米一万三千石を無断で運び出し、貧窮の村々に配分する。村民たちは目に涙を浮かべ、伊奈を伏し拝んだ。

まもなく、伊奈は罪人として召し捕られ、唐丸籠《とうまるかご》で江戸に送られる。閉門・謹慎の後、裁きにより中追放と決する。中追放の多くは島流しにされ、いわば終身刑である。おのが決断を容れられず、前途を断たれる身をはかなんでか、伊奈は割腹し自死を遂げる。

この出来事を知ると、慧鶴は伊奈に深く同情すると同時に、幕閣の非情なやり方に強い反発を感じた。かつ、己の思いが常に弱者の側にあり、その逆はあり得ぬことを改めて自覚する。

窮迫する村民の側に立つ義人・伊奈を一方的に処断した幕府は、実はとんでもないまやかしをやっていた。被災地の救援に名を借り、「(収穫)高百石に付き、金二両ずつ」を全国に課金した幕府は、大名や旗本に江戸にある金を取り急ぎ納めさせた。その総額は金四十八万八千両に及んだが、勘定奉行・荻原は肝心の灰よけには十六万両しか使わず、残りの三十二万八千両は幕府財政の穴埋めに繰り入れてしまう。

この荻原は、幕府の財政を一手に切り回し、とかくのうわさがあった。元禄中ごろから、金・銀に粗悪な混ぜ物を加える貨幣改鋳を度々行い、濡《ぬ》れ手で粟《あわ》の巨利を幕府にもたらす。その専横と悪らつぶりは、六代将軍・家宣《いえのぶ》の時代に幕府儒官として幕政に参与した新井白石から、後に

――金座・銀座の町人や御用商人から二十六万両の賄賂《わいろ》を取り、元禄以来の収賄は巨額に及ぶであろう。

と弾劾《だんがい》される。

富士山噴火の後、江戸に降灰・降砂が続いたことから、

『天よりは　すなほになれと　降らせども　人はよごれて　泥坊になる』

という狂歌が詠まれた。

全国から集まった救援金の三分の二をちゃっかり幕府の懐に猫ばばした荻原の行為は、火事場泥棒とそしられても抗弁できぬ最低最悪のものであった。


将軍・綱吉の政権晩期は、「弱り目に祟《たた》り目」さながらに、天変地異が相次いだ。

富士山大噴火に先立つ四年前の元禄十六（一七〇三）年十一月二十二日には、後に元禄地震と命名される大地震が南関東一帯を襲う。江戸では多数の武家屋敷や町家などが倒・損壊し、市中に大火が起きた。津波が下総・犬吠埼《いぬぼうざき》から伊豆・下田までの太平洋沿岸・東京湾岸を襲って人家を海にさらい、震源寄り相模湾岸の小田原市街は全滅に近い惨状となった。死者の総計は推定五千三百余人とされる。

余震が続き人々の不安が治まらぬため、人心一新をねらい翌年春に宝永と改元。しかし、再び宝永四年十月四日、今度は東海から四国・中国にかけて大地震があった。大坂では民家一万余戸が倒壊し、土佐では津波で多くの田畑が海中に沈み、浜名湖畔では船百四、五十艘が流失した。


人の力ではいかんともし難い、こうした大きな自然災害が相次ぐと、

――この世ははかないものだ。

というあきらめとも、悟りともつかぬ思いが胸をつく。

五つの時、家の近くの駿河湾上に去来する浮雲を見て世の無常を直感し、涙した天性多感な慧鶴である。ともすれば、『諸行無常』と暗く索漠とした無力感に捉われそうな己を自覚する。しかし、自分は未だ修行途上の未熟者。いつの日か真の悟りを開き、衆生を救わんとの大願を抱く身である。

（余人は知らず、このおれに限っては、決してあきらめたり、やけになってはならない）

五年にわたる雲水修行の辛苦を思い返し、慧鶴は己の心にそう言い聞かせた。

（六）　断食坐禅

富士山大噴火の大騒動が一段落した翌年春、近在の雲水仲間三人と連れ立ち、慧鶴は越後高田の禅寺・英巌寺《えいがんじ》に赴く。「高徳の主がいる」と聞いたからだが、いざ当人から話を聞いてみると、聞きしには及ばぬとはっきりする。しかし、このままむざむざ引き返すのも癪《しゃく》だ。この寺で、前から念じていた七日間通しの断食坐禅に挑む気を起こす。

禅寺では「臘八大接心《ろうはちだいせっしん》」と称し、一週間坐禅し続ける習わしがある。釈迦が菩提樹の下で断食したまま坐禅を組み、八日目の暁の明星を見て大悟した故事に基づく。臘八大接心の場合は、釈迦が試みたのと同時期の十二月一日から八日朝まで行うが、慧鶴は時期はずれなのは承知の上だ。

坐禅を組むのは、僧堂から少し離れて建つ同寺開基の貴人を祀《まつ》る御霊屋《みたまや》の中である。壁を背に持参の坐蒲《ざふ》の上に、両足を「結跏趺坐《けっかふざ》」にしっかり結んで座る。尻や腰と背骨の筋肉がぴんと緊張する。口を軽く閉じ、鼻で長く静かに呼吸する。両手の指で印を結び、あごを引いて両目を半眼に開き、三尺余り先の空間を見る。

瞑想に入ってすぐ、なぜか原宿の生家で過ごした幼少のころの思い出がよみがえる。赤ん坊の自分を背におぶい、よく子守唄を歌ってくれたお梅という女中がいた。

坊やはよい子だ　ねんねしな
この子のかわいさ　限りなさ
天にのぼれば星の数　七里が浜では砂の数
山では木の数　萱《かや》の数
沼津へ下れば千本松　千本松原小松原
松葉の数より　まだかわい
ねんねんころりよ　おころりよ

その歌声には、赤ん坊をよく眠らせてやりたい、休ませてやりたいという優しさがあった。その純な気持ちに打たれ、赤ん坊の慧鶴は半分眠りかけながら、ほろほろと涙がほほを伝うのだった。人の好意がうれしくて流す涙がある。その記憶を兄や姉に話したら、「赤ん坊にそんなことが分かるものか」と鼻で笑われた覚えもある。

（お梅は今どうしているのか。いいおかみさんになっているだろうか。赤いほっぺをして健康そうだったから、ぽこぽこ子供を産んでいるかも……）

少しすると今度は、虎縞《じま》の雄で「新九郎」という名の飼い猫の記憶が急に思い浮かぶ。家から半里ほどの距離に、伊勢新九郎こと後の北条早雲の居城だった「善得寺城」という山城がある。その辺りで、腕白同士戦《いくさ》ごっこをしていて拾った仔猫ゆえの命名だ。

よちよち歩きながら、利かん気が強かった。人に懐かないのに、不思議に慧鶴にだけはよく懐き、行くところ行くところ付いてくる。

そんな可愛い新九郎が、たった三歳で原因不明の急死を遂げる。慧鶴には大変な打撃である。何日も涙が止まらず、不条理な死に納得がいかなかった。そのせいか、夜な夜な新九郎が現れるようになる。元の姿そのまま、寝ている慧鶴の胸や腹の上に四つ足で乗ってきて、ずっしり重い。半分眠り、半分覚めているような按配で、神経には相当こたえる。

けれども、三か月ほどしたら、なぜかぱったり出てこなくなったが……。

慧鶴の想念は、過去と現在のはざまを行きつもどりつする。

（七）　八識の凡夫

初日は空腹をこらえるのが辛かったが、二日目からはさほどに感じない。明け方に知らず知らず瞬間的に眠りに落ちるが、姿勢は崩さない。小用《こよう》に立つ以外は、微動すらしない気組みだ。

この日は、「休心房」という不思議な人物の記憶が不意によみがえった。まだ七つのころのこと。「行者さん」と、家人は呼んでいた。体格のいい中年の男で、箱根権現にこもって修行・会得したという観相と念仏による御祓《はら》いが生業《なりわい》である。

総髪の頭に小さな黒い頭巾《ときん》を付け、長袖の白い麻の衣に結袈裟《ゆいげさ》、つづらに似た四角い箱状の笈《おい》を背にする異様な装束。村のはずれに近づくと、「ブォーッ」と法螺貝《ほらがい》を吹き鳴らし、八角の金剛杖を突いて、のっしのっし現れる。

母ほどの信仰心がなく、俗っ気が強そうな父がなぜか、この休心房をひいきにした。家に請じ入れると、行者はきまって慧鶴を傍らに座らせ、背をなでながら

「この子は、末座に居るような者ではないよ」

と皆に言い聞かす。そして、慧鶴の顔をじっと見つめ、

「お前は、風変わりな性格としたたかな性根の持ち主じゃ。将来、必ずや世間に福をもたらすだろうて」

とつぶやく。続けて、

「お前が大を成すよう、三つの秘訣《ひけつ》を教えておく。一つ、食材の余りは湯を加えて服せ。二つ、かがんで小用をたせ。三つ、北の方角を大切にし、北に向かって大小便をしたり、足を向けて眠るでないぞ」

と言い聞かせた。

子供心に行者の言に一理あると感じたのか、その三つは以来ずっと守っている。それもまた、「風変わりな性格」「したたかな性根」ゆえかも、と思わず慧鶴は苦笑する。

ずるずる過去の記憶におぼれそうになり、ハッとする。己の心の動きを意思の力によって制御できぬものか、と考えをめぐらした。四年前、大垣で馬翁和尚に学んだ古代インドの唯識の教えが頭に浮かび、そのおさらいに気持ちを集中してみる。

唯識では、こう説く。

人の心は、五感から成る知覚を基に想念が生まれる。想念には日常ふだんの「意識」と、それ以外の二種類の無意識がある。その無意識は、生まれ持った自我に捉われる「潜在意識」と、自分でも気づかぬまま過去の記憶がしまい込まれた「深層意識」である。この三通りの意識と五感を併せて「八識」と言う。

坐禅の修行を通して、人は意識の在り方が心の奥から段々に変わっていき、「八識の凡夫」でも「四智の仏」に到達できる。「四智」は「凡夫」が悟りに達し、「仏」に変じた時に得る四つの智恵を指す。「凡夫」から「仏」への変化は、いきなり起こるのではなく、「五位」という五つの段階を踏んで徐々にそうなっていく。

（だとすれば、おれは今どの段階にさしかかっているのか？）

と慧鶴は自問する。

「一位」は己を凡夫と自覚し、そこから抜け出すべく精進を始めた段階。「二位」は精進がそこそこ実を結び、ますます修行に努めねばという段。「三位」は頭で分かっているだけでなく、より直感的に心中深く悟りの体験をする段。「四位」は悟りの片鱗が見えてから大層時間はかかるが、その悟りが身に付いていく段。そして、最後の「五位」。悟りが真に身に付き、「四智」という完璧な智恵を心の隅々にまでそなえた存在に至る最終段階。

と唯識派は説いている。

（おれが今さしかかっているのは、多分「二位」あたり。次の段に移るのはいつだろう？）

そう思うと、慧鶴はいささか心細くなった。

（八）　玲瓏たる法悦境

慧鶴が挑んだのは、七日間飲まず食わず、睡眠は日に二時間足らずの仮眠をとるだけという文字通りの荒行である。飢えと渇きに、寝不足が重なり、日を追って意識はもうろうとなる。中日の四日目。己の体からいつの間にか、もう一人の自分が抜け出し、御霊屋の室内をほうきで掃き清めている。貴人の御霊を祀る祭壇が赤緑色の薄光に包まれ、輪郭がくっきり浮き出るさまも目撃した。

が、その日を境に意識のもうろうの度は次第におさまり、心気は逆に冴え冴えとしてくる。幻覚も、二度とは起こらなかった。

満願の八日目早朝のこと。わがこと成れりと弾む胸を抑えかね、一週間ずっとこもりっきりだった御霊屋の分厚い扉を開け、慧鶴は久しぶりに外気に触れた。

澄み切った空のかなたから、「ゴーン」と鳴り響いてくる鐘の音が慧鶴の心魂深く沁み入る。英巌寺や近辺の寺の時鐘ではなく、郊外の山寺あたりで打ち鳴らす梵鐘であろう。大地から響いてくるような、重みのある荘重な音である。除夜に百八の鐘を鳴らすのは、鐘の功徳によって百八の煩悩をやぶるから、という。そのいわれがうなずける、心に沁みる妙音だ。

その妙音の功徳か、心身は天地に溶け入って満ち広がり、天地と己の境がない。大きい、大きい自己を実感する。気持ちが芯から安らぎ、言うに言われぬ深い喜びがやってくる。かように玲瓏《れいろう》たる法悦境があることを、生まれて初めて知った。

思わず慧鶴は大声で、

「巌頭和尚は、健在であったぞ！」

と叫ぶ。

——かの禅師はあえなく匪賊に首を切られ、この世を去った。しかしながら、その悟道の神髄は生命を保ち、たった今かように大悟した己の心魂の内にも脈打っている。

と瞬時にひらめいたのだ。

その大声に、未明に起床した直後の坐禅を終えたばかりの三人の仲間がびっくりし、駆けつけてくる。慧鶴の断食坐禅にだれも気づかず、てっきりひそかに帰国したものと思い込んでいたのだ。それだけに、わけを知ると手を取り合って祝福してくれる。

それからというもの、慧鶴はひそかな慢心を抑えることができない。ともすると、だれを見ても土くれのようにしか感じないのだ。

つい何日か前、唯識の教えを反芻《はんすう》し、「前途遼遠……」と己の未熟さを自覚した謙虚さは跡形もない。

（九）　酒気帯びの大男

英巌寺に当時、各地から参集していた雲水は総勢五百人を数える。常住の寮舎は狭く、とても間に合わない。隣の曹洞宗の寺の客殿を借りて三十人余りが分宿し、慧鶴が世話役となった。

ある日、同宿の年若い雲水があたふたと現れ、

「たった今、身の丈は六尺、筋骨たくましい髭面《ひげづら》の男が大きな杖をついて現れ、『頼みましょう！』と胴間声《どうまごえ》を張り上げます。酒の臭いまでぷんぷんさせる始末で、気を呑まれてつい魔がさし、玄関わきの小部屋に上げてしまいました」

と、しどろもどろに言い訳をする。

禅寺には、新入りをそのまま通してはいけないしきたりがある。だが、いったん中へ入れてしまったものを今さら出て行け、とは言えまい。

「よし、分かった。任せろ」

と請け合い、慧鶴は独りで僧坊に向かった。万一のため、参禅者の指導に用いる樫《かし》の木でできた警策は手にしている。対面するなり、新参者をねめつけ、

「おれは駿河の出で慧鶴というが、少々手荒いぞ。その酒気帯びはなんとした？　今日のとこ

ろは大目に見るが、規則はずれを今後やらかすなら、即刻つまみ出すからな！」

と高飛車に言い放つ。自分は大悟したのだという覚えもあり、髭面の大男だとて一向に気おされはしない。

慧鶴の勢いに押され、その男は目を伏せてかしこまり、

「私は奥信濃の飯山から参った宗格と申す者。昨夜したたかに酒をくらい、かように無様に二日酔いとなったについては、いささか子細がござって……」

と、おずおずと口を開き、こう言い訳をした。

――自分の家は武士の出で、先祖は越後の上杉勢の一員として高田から飯山に入り、そのまま土着した。越後の麒麟児《きりんじ》・謙信が甲斐の武田信玄と川中島で雌雄を決しようとした武功談に、幼い日の己はいかに胸を躍らせたことか。

「明日こそ、憧れのその父祖の地が踏めると思うと、むやみに血が騒ぎ、杯を重ねるほかなかったという次第で……」

と宗格は顔を赤らめる。

（正直で、率直な男のようだ。通してもよかろう）

そう踏むと、慧鶴は「直日《じきじつ》さん」と呼ばれる禅堂の責任者の元へ宗格を伴った。あらましの経緯を話したところ、「今回限りの特例」として一連の措置はすんなり追認される。いざという場

合には責任を取るつもりの慧鶴の覚悟のほどを見てとったのだ。

禅寺には固有のしきたりがいろいろある。寄宿を願う新入りに対する応接の仕方もその一つで、「庭詰《にわづめ》三日」と呼ばれる。

「新到《しんとう》」と呼ばれる新入りは、玄関でまず「頼みましょう」と声をかけ、上がり框《かまち》に手をつき、頭をその両手の上につけたまま座り込む。「どーれ」と出てきた先輩僧は差し出された入門願書を一読するが、必ず断る。たいていは、「今ここは食料に事欠いておるから」とか、「他にもっとましな寺があろう」などと口実をつけてである。が、新到の方もやすやすと引き下がるわけにはいかない。玄関先で頭を下げたまま、座り込みが続く。

放っておかれたままの夕方近く、突然背後から「まだ居たか、この馬鹿者！」と先輩僧が怒鳴りつける。えりがみをつかんで後ろに引っ張り、玄関の外で「出て行け！」と大喝するが、小声で「少し休み、また始めよ」とささやく。これを「追い出し」と呼ぶ。この慈悲深い追い出しは午前・午後に一回ずつ三日間続く。夜は寝場所も用意するし、食事も汁と飯だけながらちゃんと与えられる。

この「庭詰三日」の試練をくぐり抜けると、狭い部屋に通し、壁に向かって二日ほど坐禅を組ます。これが「旦過詰《たんがづめ》」と呼ばれる次なる試練である。こうまで手の込んだ試練を次々と課すのは、新到がどれほどその寺に入門したい気持ちを持っているか、その志のほどを問わんがためである。

ともかく、なまなかの気持ちでは禅門をくぐることは難しい。そして、その後の修行はさらにもっと厳しさの度が加わる。慧鶴のこれまでの体験では、どこの禅寺にあっても、入門者の二人に一人は一か月以内に逃げ出すのが相場であった。

第五章　正受老人

（一）　飯山の師

あくる日、寺の和尚の講話があった。終了後、古参の修行僧が何人か慧鶴の宿寮を訪れ、和尚の説法をめぐって談論となる。みんなが引き揚げると、片隅でじっと耳を傾けていた宗格がひざを進めて口を開いた。

「尊公らが指摘したくだりは、講師の所説が確かにまちがっている。次に問題にした個所は、講師の方が正しく、貴公らの誤りだ。和尚が最後に悟道のために示した公案は、和尚も貴公らも両方ともダメだな」

自信に満ちた舌鋒《ぜっぽう》の鋭さに慧鶴はたじたじとなり、言葉使いを改めて尋ねた。

「宗格どのの説には、尋常ならざるところがある。なぜ、さように歯切れよくずばずば言い切れるのか、そのゆえんを承りたい」

得たりとばかり、宗格は答えた。

「実は、在所の飯山に正受《しょうじゅ》老人と呼ばれる偉い師匠がござる。私が今日あるのは、すべてこの老師のおかげ。十代半ばから丸十五年、手塩にかけ厳しくしつけて戴いたのだ」

宗格は、その師匠の身元について、

――正しくは道鏡慧端禅師と言い、四角張って言うと後水尾上皇や将軍・家光公が尊崇帰依した愚堂国師の法嗣《はっす》・至道無難禅師の子飼いの弟子。無難禅師の衣鉢《いはつ》を継ぐ法嗣ゆえ愚堂国師の孫弟子になり、臨済宗妙心寺派・正法禅の正統の嫡子に当たる。

と明かす。さらに、生い立ちに触れ、

「父上は時の松代藩主・真田信之公。信之公といえば、関が原合戦や大坂の役《えき》に反徳川で戦って名高い真田幸村の兄者。つまり、師匠はかの幸村の甥《おい》っ子に当たるのだ」

慧鶴は、不思議そうにただした。

「そんな身の上で、俗世を捨て出家されたというのは？」

「子細があるのだ。師匠の母御は信之公の侍女として君側にはべるうち、公のお手がつく。懐妊の身のまま松代から飯山へ送られ、城内で師匠を産み落とされたそうな。時に母御は二十一歳、父御の方は七十六歳だった、とか。曾孫《ひまご》のような娘をはらませたとあって、さすがに信之公も世間体を慮《おもんぱか》ったか」

数奇な運命をたどった師匠のその後について、宗格は事細かく語り始めた。

正受は幼時、八つ年上の飯山藩主・松平忠倶《ただとも》公から実の弟のごとく慈しまれ、すくすく育つ。文武の道にひたすらはげむが、十三歳の折、城中に参上した一人の禅師から、

「衆生を救いたもう観世音菩薩の生まれ変わりとなってほしいものよ」

と声をかけられる。その容姿・言行に非凡なところあり、と認められてである。

少年に寄り添って城内で暮らす母なる人は、再縁話に耳をかさず、わが子の成長以外なにも望まない。信心深い母の感化もあって、少年は禅師の言葉に強い感銘を受ける。数々の仏書を読み、城下の禅寺に通って研鑽にはげむ。

三年後、少年は正式に出家を願い出るが、非凡な資質を惜しむ忠倶公は許さない。やむなく、しばらくは武芸の道一筋に打ち込む。

さらに三年たった十九歳の時、元服~成人した正受は忠倶公の参勤交代に従い、江戸へ出る。このころには、兵法・武術とも衆にすぐれ、とりわけ剣を取らせば飯山藩切っての使い手とうたわれていた。

江戸の藩邸勤めの合い間に、正受は禅寺を次々訪ね、麻布の至道庵で生涯の師・無難禅師と巡り逢《あ》う。禅師は庵にむしろを敷き、破れ衣をまとい端座していた。言葉を交わすうち、「この僧こそ、本物の傑物」と正受は感じ入る。禅師も、初対面のこの若侍を「見どころがあり、将来を託すに足る器」と見抜く。

正受が再び忠倶公に出家を願い出ると、今度は許される。公も英明で、禅道のいかなるかをよく理解し、正受の意思が固いのを知っていたのだ。

出家得度した正受は日夜、臨済禅の究明にはげむ。英邁《えいまい》な資質が花開き、翌年二十歳の若さで早くも無難禅師の印可を受け、道鏡慧端と号する。師の許しを得て以来足かけ四年、諸国の師家を歴訪して禅道の練磨に努める。

当時、江戸の信徒たちが無難禅師のために、庵とは別に東北寺と呼ばれる立派な寺を建立する。たまたま江戸に帰着した正受は、禅師から東北寺の住職に推されるが、「若年未熟の身」と固辞した。正受はいったん飯山に帰るが、翌々年再び江戸にもどり、以後十年余を師の下で修行する。

延宝四（一六七六）年、無難禅師は七十四歳で入寂。法嗣と定められた三十五歳の正受は師が遺《のこ》した江戸市中の東北寺も至道庵も継がず、雪深い山国・飯山を仏道の行場と決めて帰郷する。忠倶公は非常に喜び、直ちに弟子入りをする。それにならい、五十代半ばの生母も髪をおろし、尼となった。

延々と話し続けた宗格は、ようやく締めくくりに入る。

忠倶公はその折、帰依の印にと寺領の寄進や大寺の建立を申し出た。しかし、師は「出家という者は、三衣《さんね》一鉢《いっぱつ》さえあれば事足りる。それ以上のぜいたくを求め、民の富を奪って何の益があろう」と固辞。代わりに、住まう正受庵の手水鉢《ちょうずばち》に使う水石を一つと栂《つが》の苗木七株を所望した。師匠の面目躍如たる逸話で、その水石と見事に育った七本の栂の木が今や寺の宝物となっている。

かの天下の副将軍・水戸光圀《みつくに》公も師匠の令名を伝え聞き、再三使者を遣わし水戸へ招こうとした。が、師は「老母に孝養を尽くしたいから」とこれも固辞。さすがの光圀公も、「やむを得んな」と長嘆息した。

「無欲恬淡《てんたん》、悟道のほかは何物も求めない師匠こそ現世に稀《まれ》な高僧の鑑《かがみ》、と断言できる」と宗格は語気をはげます。

ここまでの話に深い感銘を受けた慧鶴は、宗格の慕う、未だ見ぬ類《たぐ》い稀な禅匠・正受老人に思いをはせ、

「どうか老師にご引見をたまわりたいと願うが、かなうだろうか」

その必死な面持ちに、この男ならと心中うなずいた宗格は、

「請合おう。貴公なら、師匠の鞭撻《べんたつ》にも耐えうるはず。寺の行事の区切りを待ち、二人でひそかに抜け出し、飯山へ向かうとしよう」

（二）　念力の霊験

英巌寺の行事予定を考え、出発は一週間後と決まる。宗格とはすっかりうちとけ、慧鶴は「干天続きに慈雨に逢い、他郷で旧知に出会う」ごとき心地だ。

宗格は禅道の開拓者の伝記を綴った『伝燈録』に目を通すよう、慧鶴に勧めた。達磨《だるま》大師のくだりに、「大師は七歳で見性悟道したが、なお般若多羅尊者《はんにゃたらそんじゃ》に二十年も師事し、ようやくその極

意の秘奥を学んだ」とある。断食坐禅明けに大悟した覚えから、悟りの道は言われるほど至難なものでもなさそう、とする慧鶴の心秘かな驕《おご》りに宗格はピンと来たのだ。

慧鶴の心事はいささか複雑だ。己の慢心を戒めねばと思う一方、自らをたのむ心も依然強い。宗格が天下第一と推す正受老人への期待が膨らみながら、同時に老師なにするものぞとの虚勢もまた抑えられない。


季節は晩春から初夏にかけての時期である。慧鶴は仲間の三人に書置きを残すと、宗格と共に薄暗い寺内をそっと抜け出した。二人とも網代笠に墨染めの衣、脚絆に草鞋履きの雲水おきまりの姿。山越えに備え、それぞれ錫杖《しゃくじょう》を手にしている。

高田から南下して新井を抜け、長沢川沿いにくねくねと南東へ伸びる飯山街道をたどる。長身で大またの宗格に負けず、足運びの速い慧鶴は早歩きに自信がある。明け七ツ半（午前五時）に出て一刻半（三時間）足らず、二人は信越国境目前の峠道の茶店で小休止した。

ここまで、ざっと五里。ここから先の奥信濃では、長沢川は松田川と名を変える。松田川沿いの山道は、富倉峠の難所も含め終点の飯山まで同じく五里ほどある。その昔、ずっしり重い甲《かっ》冑《ちゅう》姿で同じ道筋をたどったであろう謙信麾下《きか》の上杉勢の労苦を思えば、身軽ないでたちの道中など物の数ではない、と慧鶴は思った。

お茶で喉を潤し、持参の握り飯をほおばりながら、

「正受老人は若年のころ武芸にはげまれ、奥義に達せられたとか。仏道修行にその極意が生かされた節はあったであろうか？」

「あらいでか。ちと長くなるが、一件のてんまつを順を追って話そう。師が三十代半ばで飯山に帰ってまもなくのころ、正受庵のふもとの楢沢村《ならさわ》を舞台に起きた出来事だ」

と宗格は語りだした。


村の木こりがある時、山で狼の仔《こ》を拾った。えさを与えてかわいがり、山へも一緒に連れてゆく。大木を切り倒す時、たまたま傍らで眠るその仔が倒木の下敷きになり、哀れにも息を引き取った。男は悲嘆にくれるが、詮方《せんかた》なく屍骸《しがい》をおいて村へ帰る。その夜から、異変が起こった。

狼の群れが村にやってきて、意趣晴らしのように遠吠《ぼ》えをし、村中を走り回る。人家に忍び入り、幼子をくわえて引きずり出し、かみ殺す。このため日暮れになると、どの家もしっかり戸締りをして閉じこもり、みな息を殺し恐れおののくばかり。思うに、「我らが仔」を失った狼たちが復讐の挙に出たものか。

そのありさまに、師は発心する。その昔、大燈国師が決死の思いから、人斬りが出没する京の四条河原で、捨て身の修行をおこなった故事を想起。自分の禅道にかける真情を試す絶好の機会、

と捉えたのだ。

狼どものたまり場になっていた村外れの墓地に赴き、草坐を設け、七日七夜の坐禅に入る。夜になると、狼どもが集まってきて、その数は十数頭に膨れあがる。師のぐるりを取り囲み、二、三頭ずつ組んで頭上を飛び越えたり、喉ぶえの辺りに生臭い息を吹きかけたりする。鼻先や頭で師の背中を押したり、腰や足をなめ回すのもいる。


「絶体絶命だな。おれだったら肝がすくんで、もたん。師は一体いかがなされた?」

思わず口をはさむ慧鶴に、待ってましたとばかり宗格は、

「中秋のころとて月明かりが辺りを照らし出し、夜陰とはいえ狼どもの動きを把握するのにさほど不自由はない。群れの十数頭がひときわ大柄な頭格の指揮下にあるのを師匠はすぐに見抜く」

と続ける。

師ははらわたにぐっと気を集め、頭格の両目に視線を合わせ、まばたきもせず無言のにらみ合いに入った。ためた精気を、おのが両眼を通して狼の両の目にじっと注ぎこむ。やおら、般若心経結語の陀羅尼すなわち十八文字の呪文を梵語で唱え始める。

——ぎゃてい（羯諦）ぎゃてい（羯諦）はらぎゃてい（波羅羯諦）はらそうぎゃてい（波羅僧羯諦）ぼーじそわか（菩提薩婆訶）。

低い小声ながら腹の底から発する力強い響きの読誦《ずしょう》が何度か繰り返されるや、頭格の狼は「キャイーン」と悲鳴を上げた。両足の間に尻尾《しっぽ》を挟みこみ、後ずさりを始める。それを潮に配下の狼たちも頭にならって尻尾を巻き、一斉に後退する。勝負あったのだ。

二日目からは、狼どもは墓地を遠巻きにするだけで、もう墓場の中に踏み入ろうとはしなかった。

「おぬしも知る通り、禅語に『心外に魔障なし、無心なるは即ち降魔』と言う。狼にやられはすまいかと恐れず、心を空にしておけば、付け入られるすきは生ぜぬのだ」

「いや、大いに教えられた。師匠の念力がたち優ったと見える」

（三）　正受庵

二人は富倉峠をとうに過ぎ、飯山郊外の村里にさしかかった。峠の辺では立ち込めていた霧がすっかり晴れ、薄日さえ差している。遠くの峰々には真っ白い雪がまだ残るが、間近な野山には草木の若葉が開き、鮮やかな緑がまぶしい。木蓮や花水木、卯の花にツツジと花々が咲き乱れ、ホトトギスがさえずっている。付近の畑には、麦の刈り入れで忙しい農夫たちの姿がちらほらする。

四方を山に囲まれた小盆地の飯山は、信州きっての豪雪地だ。冬場は平地で三尺を優に超える積雪となる。農家の藁屋根は急勾配《こうばい》にしてあり、粗末な土塀で囲まれ、土蔵も上に塗りを施さぬ安ごしらえである。重苦しい暗さが迫ってくるようで、

（飯山城主がせっかく寺領や大刹《たいさつ》を献じようとしたのに、「民の富を奪ってなんとしよう」と固辞した正受老人の気持ちが分かる）

と慧鶴は心中うなずく。

宗格は、飯山の城下町に通ずる本道から、山すそ伝いに正受庵へ抜ける間道へ慧鶴を誘った。途中、小高い丘にさしかかり、実に見晴らしがいい。飯山城の白壁の天守、その東側を北へ走る千曲川の清流、そして城の手前に南北に細長く伸びる町並みが一望におさまる。

間道づたいに二人は栖沢村に入り、そこから回り込むようにして正受庵の前に着いた。敷地は道から見上げるように小高い台地の上にある。かつて城主から苗木で贈られた七本の栂が立派に育ち、屋敷林さながらの風致を添える。かなり急な坂道を登りきると、藁葺きの小ぢんまりした百姓家のような粗末な建物が目に入った。

（偉い和尚が住むにしては、何とぼろ寺なことよ。こんなところに、果たして立派な人物が本当にいるものか……）

瞬間、慧鶴に気迷いが生じる。つい外見に左右される心の弱さが表れたのだ。

その時、奥の林の中から薪の束を手に、正受老人が姿を現した。袖をまくり上げた作務衣からのぞく両の腕は、太く逞《たくま》しい。宗格が慧鶴を引き合わすと、老師は「うむ」と小さくうなずくだけだ。

（還暦をとっくに過ぎていると聞くが、風貌といい、体形といい、そうは見えぬ。腰の据わりには侍上がりの風格が漂う。姿勢のよさは禅修行のたまものか）

そう瀬踏みしながら、慧鶴は小腰をかがめて頭を下げ、初対面のあいさつに入る。

「わたくしは駿河・原宿の出で、十五の年に仏門に入り、その四年後から各地を行脚しております。先だって隣国・越後に到着いたし、七日間の断食坐禅に挑みました」

と、つい高田の英巌寺での参籠《さんろう》体験を持ち出し、「大悟した覚え」まで口にしてしまう。

そのとたん、老師の罵声が鋭く飛んだ。

「このド阿呆！」

坂道の上がり口に低い姿勢でかしこまる慧鶴の肩口を、老人はしたたかに蹴りつけた。たまらず仰向けにもんどりうち、慧鶴は二転、三転……ごろごろと坂道の中途まで転げ落ちる。打ち身やすり傷であちこちに痛みを覚えながら、

（こ、これは一体なんとしたことだ！）

（いや、小気味いい）

手加減をしない老師の一徹ぶりを直感し、慧鶴は一種の爽快感さえ味わっていた。

（四）　一日暮らし

宗格のとりなしで入門が許され、慧鶴は近くの農家の離れを借り、翌日から日参を始める。朝は未明に起き出して直行し、夜は正受老人が休むのを見届けて帰るのが日課だ。

言われずとも、建物内外の掃除に雑巾がけ、薪取りと庭木の手入れにはげむ。「真言料理に禅掃除」と俗に言い、真言宗の寺は料理を大事にするが、禅寺ではひたすら掃いたり拭《ふ》いたりを徹底する。裏庭の片隅に、前年八十六歳の長寿を全うした師の母堂の墓所を見出し、慧鶴はここもていねいに掃き清め、入念に布巾をかけた。

朝・昼・夕と三度の食事の支度もする。朝は粥坐《しゅくざ》と呼ばれてお粥《かゆ》に漬物、昼は斎坐《さいざ》といい野菜の一品料理に味噌汁と飯、夕は薬石と呼んで味噌汁と飯に沢庵が定番だ。師は食べ物の好き嫌いがなく、食事に何も注文をつけない。

慧鶴を師匠に引き合わす役目を果たした宗格は、甲州・塩山にある同じ臨済宗妙心寺派の禅寺・恵林寺に寄留・修行するため出立した。武田信玄が帰依した同寺は戦国末期に織田信長によって焼かれ、住持の快川《かいせん》和尚が「心頭滅却すれば火も自ずから涼し」と唱えて示寂《じじゃく》した故事で知られる。後に徳川家康によって復興され、今は再び昔日の盛況を見せつつある。

旅立つ前夜、宗格は慧鶴を下宿に訪ねた。

「お主への置き土産に、これだけは話しておきたい。正受師匠がよく口にする『一日暮らし』という教えがある」

と前置きして、宗格はこう説いた。

いかような苦しみでも、今日一日のことと思えば、なんとか耐えられる。また、どんな楽しいことも、一日限りとあらば、おぼれずにすむ。すべてに今日一日だけと引き締めてゆくなら、百年千年も長いと思わず日暮らしができよう。一日とは千年万年の初めと覚悟すれば、日々のつとめをおろそかにできなくなる。なのに、その大事な今日を忘れ、まだ来ぬ明日のことをあれこれ思い煩《わずら》うのはおろかなことだ。人が生きていく上で一番大切なのは、今日ただ今の心がけ。今のこの心持ちをきちんと調えることを忘れて、翌日の正しい己があるわけがない。

一々うなずきながら聞き入る慧鶴は、顔を上げ
「なるほど、言われてみれば至極もっともだ。ホッと肩の力が抜け、気が楽になった心地がする。ご師匠はこの極意をどのように会得されたのだろう?」

宗格はしばらく押し黙り、やがて
「答えは二つ考えられる。一つは、禅者として研鑽を積む中でのひらめき。いま一つは、晴耕

雨読の半農夫として日常を送る中での感得、だろう」

とつぶやくと、こう続けた。

師匠が法脈を受け継ぐ臨済宗純粋禅の遠祖は、唐代の中国禅六祖・慧能《えのう》。無学文盲ながら一途に禅に打ち込み、人間の境涯は「本来無一物《ほんらいむいちもつ》」と喝破した人物だ。この慧能と師は母御に孝養を尽くし、かつ田夫野人暮らしをいとわぬところが不思議に符合する。お師匠の無欲・簡素な「一日暮らし」の信条は、遠祖の「本来無一物」の思想との脈絡から生じたものではないか。

そして、奥信濃・飯山での日常が本来的に「一日暮らし」なのだ。山間の飯山では真夏でも天候が急変して霜が降り、ナスやキュウリが全滅したりする。明日以降のことは天にお任せ、いや今日のことさえお任せだ。天地の恩をひたすらかみしめて暮らす日々だから。

慧鶴は無言でうなずき、感謝のしるしに笑顔を返した。

（五）　趙州の無字

かれこれ一週間が過ぎ、師から部屋へ禅問答に来るように、と声がかかる。臨済宗の禅寺では、師が「公案」と呼ばれる課題を与え、弟子はそれを解くべく必死に取り組んで、修行にはげむ。慧鶴は各地の禅寺でこの公案禅の洗礼は一応受けているが、老師の厳しさは並たいていではない、と宗格から聞いている。

刻限がせまるにつれ、慧鶴は緊張で体がこわばり、喉がからからになる。合図の鈴が鳴り、廊下づたいに師の居間へと進む。敷居の前で合掌し、深々と一礼すると、中から上質の香の薫りがする。床の間を背に、師は竹箆《しっぺい》を手に端座していた。

竹箆は修行僧の指導用に使われる。一尺五寸（約四十五センチ）の曲がった竹の杖に籐を巻き、漆が塗ってあり、打たれると相当こたえる。「しっぺ返し」とは、竹箆で打たれたら竹箆で打ち返せ、との意味合いから生まれた言い回しである。

拝礼し着座したとたん、師は鋭い目で弟子をねめつけ、

「おのが心底を素直に明かせ。犬ころに仏性は有りや無しや」

そら来たとばかり、慧鶴は応じた。

「趙州《じょうしゅう》の無字は、『字を識るは憂患《ゆげん》の始め』の類い。目鼻も手足も付けようがありません」

すると、師は片足立って右腕を伸ばし、指先で慧鶴の鼻の頭をねじりあげ、

「ちゃんと大きな手が付いておるわい」

と言い放った。

その当意即妙ぶりに慧鶴はぎゃふんとなり、全身に冷や汗がにじむ。胸の内にひそむ慢心は、すでに跡形なく消し飛んでいる。

慧鶴が口にした中国の故事『趙州の無字』には、こんないわれがある。

その昔、趙州和尚に弟子が「犬にも仏性はあるでしょうか?」と尋ねた。和尚は「無し」と答える。ところが、別な場面で別の僧に対して、今度は和尚は「有り」と答える。

犬に仏性があるかどうか、つまり犬にも仏さまになれる素質は宿っているのか、という問いへの答えは、普通は「有り」か「無し」のどちらかだ。しかし、禅問答では、どちらを答えても「よろしい」ともなり「よろしくない」ともなるから、話はややこしいし難しくなる。

この公案の本領は、人が価値判断をする際の基準を打ち砕くところにある。犬の仏性の「有り」と「無し」に限らず、とかく人は物事をスパッと割り切って考えようとする。善悪、正邪、美醜、聖俗、幸不幸、真偽……と切りがないくらい、日常ふだんに。

ところが、「有り」でも「無し」でも通してもらえない、突飛な形のこの手の公案に出合うことによって、人は初めて合理的・論理的に考えることの限界を悟る。そして、本来そなえているはずの直感力に頼らざるを得ない己を自覚する。

慧鶴の返答は一見気が利いているようで、その実は頭でひねり出した小利口なものであった。それを見透かされては、すごすごと退散するほかない。

（六）　ド根暗禅坊

正受は常住の弟子も通いの弟子も取っておらず、慧鶴と二人きりの日々が続く。

次の公案問答までの数日、慧鶴は寝る間も惜しんで書き物に打ち込んだ。各地の寺を遍歴し、師家との問答の中で己が呈した見解の自信作をまず記す。さらに、高田の英巌寺で敢行した断食坐禅明けに味わった法悦境についても、子細に綴った。師に認めてもらいたい一心からである。

正受はその書面を一読すると、まゆをひそめ

「汝の見解は、仏書に学んだ知識の受け売りに過ぎん。出来合いの学識に頼らず、己の心底にある感懐をつかみ出せ。また、真の悟りとは高々一週間の独りよがりの修行で得られるほど安直ではない。公案禅と取り組んだ先人はみな、もっともっと悪戦苦闘し、血みどろの思いをしておるわ」

と、にべもない。

（あの折に味わった玲瓏たる法悦境を認めぬとは、承服できん）

不満げな慧鶴の顔色を読み、師は

「何ぞ不足か。汝は、今の己のままで足れり、とするのか?」

と、追い打ちをかける。

「何の足らぬことがありましょうや！」

半ばやけ気味にそう言い放ち、両の耳を両手で覆い、慧鶴は部屋を後にした。

正受はすばやく立ち上がって「おい、若造よ」と呼びとめ、廊下で振り返った慧鶴に追いつく。

そのえりがみをつかむや、師は腰を利かせ、弟子を下の地面へ思い切りたたきつけた。自分も土の上に飛び降り、「この我利我利亡者め！」「ちょこざいなド阿呆め！」とののしりつつ、拳をふるって繰り返し殴打し、足蹴にする。痛みに耐え、気が遠くなりかけながら
（はずみとはいえ、己の言いざまは悪かった。このまま、破門されてはなるまい）

と、必死の思いが慧鶴の胸をつく。

泥まみれ血まみれのまま庭に土下座し、額を土にすりつけ
「お師匠！　心を入れ替え、一心にはげみますから、どうかお許しを」

とひたすら懇願し、師の許しを得る。

師弟は、問答を繰り返す。臨済禅の神髄は、公案透過すなわち公案を解くしわざにある。

古人の悟りの言葉や言動から採った古則公案と呼ばれるものは千七百もある。

正受は、

「『碧巌《へきがん》五十一則同条生死の頌《じゅ》』、そして『南北東西帰りなんいざ、夜深くして同じく見る千巌

の雪』のそれぞれについて、所見を呈せ」

と難問を出す。

四苦八苦するところへ、さらに
「『南泉遷化』の公案は如何に?」「『陳操登楼』と『青州布杉《ふさん》の則』の所解は?」

と次々に攻め立てる。頭を絞って必死に考え、なんとか慧鶴は見解を呈するが、許しはおりない。

日をおいて次に入室する折、うなだれて敷居をまたぐなり、

「ああ暗い、ああ暗い。穴倉暮らしのド根暗禅坊よ」

と、師の嘲笑を浴びるありさまである。

全力死力を尽くし、あくまで持論を曲げず抵抗すると、

「この不心得者!」

と師は竹箆《しっぺい》や警策をふるって仮借なく打ちすえ、弟子を部屋から追い出す。

いかに工夫しようと師の意にかなわぬとあって、慧鶴は怏怏《おうおう》として楽しまぬ日々が続く。朝夕の参禅の折など、わが身の不甲斐なさに思わず涙してしまう。

四六時中、考えに没頭しているから、夜はよく眠れず、食事も進まない。寝不足に便秘や下痢が重なり、血尿まで出る。ふらふら足取りの怪しい弟子の姿に哀れを催したか、正受もさすがに、

「『疎山寿塔』『南泉一株花《いっしゅか》』『臨済の乾屎橛《かんしけつ》』のうち一則を透過すれば、真の仏孫と認めようぞ。

頭でこねくり回さず、気を込め腹で考えよ」

と、助け船を出す。が、出口のない迷路に迷い込んだような慧鶴は相変わらず的はずれの見解ばかり呈し、師をがっかりさせる。

季節はすでに盛夏である。さほどの広さはなくとも盆地状を成す飯山地方は、冬は寒いし、夏は暑い。おまけに、この夏は長梅雨がずれこんでカラッとせず、蒸し蒸しと嫌な暑さが続く。体調不良のところに暑気当たりまで背負い込み、慧鶴は頭がボーっとして思考もままならない。

（ここにいつまでも居て、何か展望が開けるのだろうか）

と気迷いを生じ、心持ちが暗くなる。

（七）　箒の一撃

代わり映えがしないまま数日が過ぎ、慧鶴は久しぶりに飯山の城下町へ托鉢に出た。網代笠を目深にかぶり、頭陀袋を首にかける雲水姿で汗ばみながら足早に歩く。「ほう（法）ほう（法）」と唱えながら、路地から路地へ回っていくが、頭の中は公案のことばかりだ。

とある家の戸口で、思案しつつ凝り固まったように突っ立っていると、

「さっさと立ち去れや！」

と家内から叫ぶ声がした。

公案の工夫に夢中の慧鶴はその声が耳に入らず、その場になお立ち続ける。いきなり、家の主の老婆が険しい顔つきで現れ、箒《ほうき》の太い竹の柄をさかさまに握り、慧鶴の頭を手荒く打ちすえた。

網代笠が破れ、慧鶴はその場に昏倒《こんとう》し、気を失った。


三人連れの旅人がたまたま通りかかり、うち伏す慧鶴に驚き、抱き起こして介抱する。ようやく息を吹き返しハッと我に返った慧鶴は、心の在りようが一変しているのに気づく。

(そうか！　あの『疎山寿塔』の見解は、こうか……)

瞬間、これまでずっと難解だった公案を解くいとぐちがひらめいた。

にわかに意識がくっきりと澄明になってくる。目に入るもの、耳に聞くもの、全てが今までと異なっている。外界の色合いはより鮮明に映り、物音は遠くのものまでちゃんと聞き分けられる。

公案のことばかり絶えず思い詰め、硬くこわばっていた心中が自由に解き放たれ、ぐんとしなやかになった気がする。

歓喜のあまり、慧鶴は手を打ち、足踏みをし、からからと高笑いをした。

三人の旅人は仰天し、

「狂人では？」

と顔を見合わせ、あわてて逃げ去っていく。

躍るような足取りで慧鶴は正受庵の門をくぐった。縁側にいた正受は、弟子の生き生きとした表情を見て、瞬時に察する。

「ようやく徹したか……」

とつぶやくなり、相好《そうごう》をくずした。慧鶴がてんまつを語ると、うなずいて

「老婆の箒の一撃は、仏語で言う機縁じゃな。が、その機縁はたなぼたではやって来ん。全身全霊を挙げ、狂人と見まがわれるほど打ち込んで初めて、手にできるのだ」

と目を潤ます。

少しおいて老師は居住まいを正し、

臨済禅の神髄は、師弟が命がけの禅問答を通して切磋琢磨を重ねるところにある。弟子が与えられた公案の全てを透過すれば、「大事成れり」として師は印可をおろす。ところが現今の日本の禅門では、師が古来の公案の注釈書を弟子に丸暗記させ、いち早く数多くの公案を透過させる促成栽培式の安易なやり方がはやっている。

と指摘すると、苦い表情で

「これでは、悟りの言葉の意味もろくに解さず、子供がなぞなぞのやりとりを覚えるのも同然。まるで鳶《とび》や烏《からす》が死んだ鼠を取って、自慢げにするのにそっくりだ。公案の本領は己の本心を明らかにするところにあるのに、丸暗記ではその本心が表れん。せっかく公案を透過しても、心からの法悦の醍醐味を味わえるはずがなく、とどのつまりは禅道がすたれゆく結果を招くわけじゃ」

と嘆いた。

この後、幾つかの新しい公案が示されるが、慧鶴は滞りなく全て透過することができた。師はうちわでよしよしと弟子の背を軽くたたき、こう諭した。

「そなたも、わしのように長生きをしてほしい。小を得て足れり、としてはならん。今後は、『悟後の修行』が大切なのだ。悟れば悟るほど参禅せよ。了悟すればするほど、また公案に対するのだ。さらなる最後の重関が待っておる」

慧鶴は無言のまま拝礼し、師の忠告をしみじみとありがたく思った。

この夜は、下宿先にもどってもも喜びは例えようもない。亡き母が夢まくらに立ち、

「弥勒の内院に安楽往生しているから、安心おし」

と告げてくれる。

（八）　恩師との別れ

師弟差しのやりとりは禅問答を離れ、より自由になり、深みを増す。

「仏とは何か?　と問われて、そなたは何と答える?」

「絶対的な存在とか、完成した人格者の姿が浮かびますが」

「だろうな。が、中国・臨済禅の開祖・臨済禅師は違った」

正受は身を乗り出し、慧鶴にこう説いた。

臨済は弟子に「仏はどこにいますか?」と聞かれるや、突如弟子にとびかかった。首根っこをつかみ、「言え!　言え!」と迫る。弟子は目を白黒し、一瞬逡巡する。すると、「本当の仏なんて、どこにもおりゃせん。汝自身の中にいる。と言うのもウソ、汝そのものが仏なのだ」と言った。

なまじ分別があると、神や仏といえば人間を超えた存在を考えがち。絶対者と思い、偉い人を考える。そんな生半可な知性の働きをたたき破ったのが臨済の禅だ。

「我々は仏像に礼拝するが、あれは我らの心中深くにある仏心を拝んでいるのだ。鏡を見るのは、己の姿を映し見るためで、鏡にただ向かうためではない。それと同じ道理だ。仏心も本来我らの心にそなわりながら、それと自覚できぬ。仏心をかたどるお仏像を拝むのは、己の内心に秘められた仏のいのちと対面せんがためだ」


時が移り、秋の彼岸が巡ってきた。老師の母御は長寿を全うし、前年大往生をとげたが、庭の隅にある墓所はありきたりの木の墓標が建つだけでパッとしない。母思いの師を思いやり、慧鶴はその墓所をもっと心のこもった姿にできないかと念じた。

毎朝早起きし、飯山城のわきを貫流する千曲川の河原に出かける。白っぽい川砂をたっぷり採り、布袋に入れて持ち帰る。墓石に格好な形の自然石も見つけ、担いで帰り、母御の戒名『白法李雪大禅尼』を師の筆跡を模して刻み入れた。

彼岸入りの朝早く、慧鶴は師を母御の墓所に案内した。ほんの一間四方くらいながら、清々しい白砂がきっちり敷き詰められた一画に、趣のある形の高さ二尺ばかりの墓石が据えられている。以前の墓標が建つ場所のすぐわきだ。

師は無言のまま、しばらく白砂と母御の戒名入りの墓石を見つめると、

「かたじけない。おぬしの心遣いは忘れぬ。母御も、きっと多《た》としていよう」

と礼を言う。声音にも目元にも潤みがあり、師の真情が感じられた。

季節は冬を迎え、慧鶴の飯山滞在は八か月を過ぎた。近郷一帯は、すでに一面雪景色である。年の瀬も、もう間近い。そのころ、高田の英巌寺で別れた同郷の修行仲間三人が飯山に合流して来た。

この三人から、沼津・大聖寺の息道和尚が病床に伏すことを聞く。

（ここでの修行生活は、得がたい珠玉の日々に等しい。師匠とは別れがたい……。しかし、飯山を離れる時が来たのかも知れぬ）

旧師の身を案じ、辞去したい旨を慧鶴は正受に告げる。

「うむ」と一言発しただけで、師は目を閉じた。

出立の日、三尺を超す積雪の中、正受は檀家の若い衆らと一緒に雪道を藁沓《わらぐつ》ばきで二里余も送ってきてくれた。別れを惜しみ、慧鶴の手を取り、

「わが国では今や、仏法は邪道に入り、衰亡しかけている。そなたの力で、どうか再興してほしい。慧鶴、お前には、その力と意欲がある。全力を尽くし、これはという弟子をせめて二人は育て上げることだ。そなたがわしの年齢になったら、必ずや盛業を見るであろう」

師弟の目には共に涙が光り、慧鶴は深々と頭を下げた。

（己は未だ修行途中。偉大な師に印可を受けようと、甘んじてはならん。さらば飯山……）

三人の修行仲間と連れ立ち、慧鶴は黙々と先を急ぐ。千曲川の川筋に寄り添う街道は、中野から長野、さらに松本へと南へ延びる。

辺りは一面銀世界で、空は灰色一色。墨絵さながらの風景である。

慧鶴は、かつて大垣の瑞雲寺で龍海から講釈を聞いた柳宗元《りゅうそうげん》の漢詩『江雪』の一節を想い起こしていた。

——どの山にも鳥の飛ぶ姿なく、どの道にも人の跡は消えてしまった。世界はすべて雪景色。動くものは深深と降りしきる雪のみ。その中に孤舟一つ、蓑笠の翁が寒々とした川で釣りをしている。

脳裏に、蓑笠の翁が正受老人と二重写しになって映る。

(宗格先輩が甲州からもどるのは明後年の春。それまではお独り。お体だけは無事であってほしい。師匠のためにも、おれは悟道成就へ一層はげまねば)

心中そう誓い、慧鶴は雪道を一歩一歩踏みしめて行った。

第六章　悟りの道

（一）　禅病

家郷の原宿にもどった慧鶴は、己の身に生じた異変にすぐに気づく。松蔭寺にこもり、作務と坐禅に打ち込むが、はかばかしくない。

飯山を離れる際、正受老人は「悟後の修行を怠るなかれ」と口をすっぱく説いた。

——悟後の修行をたとえるなら、洗たくの後のすすぎである。このすすぎを怠った禅者は、誘惑などに負けて自滅しやすい。

というのだ。

慧鶴は師の言を胸に刻み、日夜はげもうとするが、結果は散々。

思念が多いせいか頭がボーっと熱く、胸は焼け焦げるように痛み、耳ががんがん鳴り続ける。両手足は氷のように冷え、両わきから汗がわき、両目はたえず涙があふれる。

明るいところが怖く、暗いところは気が沈む。夜は熟睡できず、寝ても覚めても幻覚みたいなものに付きまとわれる。おどおどと神経過敏になり、始終ぐったりする。

（もしや、多年にわたる修行と参学による疲労の蓄積がもとでは）

と、自分なりに思い至る。

飯山から前年末にもどって三か月余。宝永六（一七〇九）年早春、二十五歳の慧鶴は治療目的の旅に出る。東海道を西へ、駿河～三河～尾張～美濃……と勝手知ったる方面に足が向かう。各地を行脚して名医という名医を訪ね、あらゆる治療を受け百薬を投じてみるが、効果はいささかもない。

絶望の淵に追い込まれ、思い浮かんだのが京都に居る龍海である。救いを求めて手紙で問い合わせると、ほどなく次のような返信があった。

――京都のすぐそば、山城国白川村の山中に白幽子《はくゆうし》と名乗る道人が住む。年齢は百歳を下らぬとも、まだ六十代とも言われる。天文学に詳しく、医の道にも深く通じている。人嫌いながら、礼を尽くして問うなら、話さぬこともないという。それが甚だ有益な内容に富む、と後に思い当たる由。

（今となっては、これにすがるほか道はない）

と慧鶴は腹を据える。

岐阜から近江を抜けて京都・黒谷を越え、白川村に入った。道端の茶店の主や山中に居合わせた木こりに白幽子の居場所を尋ね、山道を分け入って行く。小さなせせらぎに沿って、道なき道が樹木の枝の下を潜るように続く。険しい岩を踏みしめ、草や藪を押し分けながらどこまでも登っていく。氷雪が草鞋に浸み、衣は霧や露でぬれそぼる。

脂汗《あぶらあせ》を流し、ようやく目指す岩場の前にたどり着く。ほの暗い森林は大きな屏風岩に遮られ、そこだけ不思議に明るい日差しが差し込んでいる。せせらぎの本の泉は、その岩場の傍らからわき出ていた。木こりの言では、岩場をうがつ洞穴が道人の住まいの由。辺りの風致は真に清らかで、俗界を抜け出た趣である。

（二）　白幽道人

慧鶴は緊張に震え、肌に粟《あわ》が生ずる心地だ。近くの石にもたれ、息を数えること数百、呼吸を整える。衣を振って塵《ちり》を払い、襟《えり》を正して、洞穴を閉ざす簾《すだれ》の中を伺う。おぼろげながら、正座して目を軽く閉じている人物の姿が透けて見える。

「お頼み申します」

と一言声をかけ、慧鶴は意を決して洞穴の中に入った。恭《うやうや》しく拝礼して来意を述べ、己の病状を告げ、救っていただきたいと嘆願する。

白幽道人は粗布の衣をまとい、草で編んだ筵《むしろ》の上に居る。細身の体に面長の顔、白髪が腰まで垂れ下がる。顔色は朱を差したように血色がいい。洞穴の中はわずか一間四方ばかり。小机の上に『中庸』と『老子』、それに『金剛般若経』だけが置かれている。

目をつぶったまま慧鶴の話を聴き終えた道人は、目を開いてゆっくり話し始めた。

「ご覧の通り、山中に隠れ住む死にかけの老人。木の実を拾って食らい、鹿とともに眠る日々だ。教えられるようなことは、何も持ち合わさぬ」

澄み切った目の光、胸に響く声音に、慧鶴はただならぬ精気を感じ取る。

あきらめず、道人の前にひざまずき、

「おすがりする相手は、ほかにないのです。拒まれては、死ぬほかありません」

と、なおも頼み込む。

すると、道人はおもむろに慧鶴の手を取り、脈どころを押さえた。目や口の中をのぞき、胸をはだけさせて触診をし、慧鶴の五臓の具合を詳しく診る。手の爪は長く伸び、半寸ほどもある。

やがて、哀れむように、まゆをしかめて言った。

「これはいかん。坐禅観法が過ぎ、修行が度を超えたため、かかる重症に陥ったのだ。そなたの病は禅病といい、鍼《はり》・灸《きゅう》・薬のいずれをもってしても、いかなる名医によっても救うことはできぬ。治すとすれば、努めて内観の工夫を修めるほかない」

「どうか、その内観の秘要をお示し下さい」

と慧鶴はさらに懇願した。

その必死の表情に動かされたか、道人は威儀を正すと語り出した。

「これこそ養生の極意であって、知る者はなかなかいない。この法を怠らず続けるならば、必ずやすばらしい効果が得られ、長生きをすることもできよう」

白幽子の眼光は鋭いが、険しくはない。時には、ぬくもりさえ感じさせる光を放つ。

「まずは、人体の生理の不可思議を心得てもらわねば」

と前置きし、こう説いた。

人が生きていくには、呼吸が欠かせない。節度を超えて坐禅に取り組み、思念をこらし過ぎると、どうなるか。心火すなわち激しく燃え立つ感情が盛んに活動し、呼吸作用に悪影響を及ぼす。

肺臓と心臓の働きが平衡調和を欠き、ばらばらに作動してしまう。

五官が萎縮し、肺臓が疲労して傷む。肺臓と腎臓は母子の関係にあり、肺が苦しめば腎が衰える。肺・腎とも傷めば、五臓六腑が機能の調和と秩序を欠き、故障を生じ乱れ傷む。いかなる薬を服用しても効き目はなく、いかなる医者も手の施しようがなくなる。

道人は慧鶴の両眼に視線を定め、語気を強めた。

「心気の性質は元々上に昇りやすいから、努めて下させるべきだ。血液は腹部に渋滞して留まりやすいから、還流させるのが良い。血液が十全に循環し、心気が下に降る時は、身体の生理活動と頭脳の精神活動は本然の姿で完全に働く。心気が下に落ち着き、一身の元気が全身に満ちれば、諸病の起こる一分のすきもない」

（三）　丹田呼吸と軟酥の秘法

ここで白幽子はいったん口をつぐみ、少し間を取った。立ち上がって簾を巻き上げ通気を良くし、目の前の鞍馬《くらま》や愛宕《あたご》の山並みに目をやる。

慧鶴は頭陀袋から矢立てと紙を取り出し、筆に墨を含ませ、

「これまでおこなってきた禅定《ぜんじょう》の仕方をどう改めれば、よろしいのでしょうか？」

と尋ねる。

道人は次のように答えた。

「そもそも本質を悟ろうとするには、心を空にするのが正しい。あれこれと心を煩わすのは誤りだ。この病を治すには、心を空にする無観に徹するほかない。肝心なのは呼吸の仕方だ。呼吸はふだん無意識におこなっているが、ある程度まで意識的に調節できる。人体の中心点たる臍下《せいか》三寸ばかりの辺りに、『丹田《たんでん》』と呼ばれる場所がある。ここに力をこめると、元気や勇気がわく。真の呼吸法とは、この丹田に心気を治めるやり方なのだ」

道人は小机の引き出しから小ぶりの木鉢を二つ取り出し、表へ出た。日はやや西へ傾いているが、日没まではかなり間がある。岩場の傍らの泉に行き、器に水を満たすと、片方の鉢を慧鶴に

差し出した。

「心気は丹田に治めねばならぬ、と得心いたしました。では、いかように致せば、心気が丹田にちゃんと治まってくれるのでしょう?」

神妙な面持ちで尋ねる慧鶴に、

「丹田呼吸すなわち腹式呼吸は、背骨がピンと伸びて体が平ら、つまり仰向けの姿勢ですると良い。就寝前とか、起床前に寝床で四半刻(約三十分)も試みれば十分だ」

と前置きし、道人はこう語った。

枕の高さは握りこぶし一つ分くらいにする。手足を自然に開き、軽く目をつぶる。雑念を吐き出し、心を空っぽにする。気に入らぬこと、うまくいかぬこと、などは一切忘れる。そういう試みを「放下着《ほうげじゃく》」と言う。

心気がすっきりしたら、丹田呼吸に移る。「フーッ」と体中の息をすっかり吐き出し、大気を鼻孔からゆっくりと吸う。

まずは、呼気のやり方から。「ひとーつー」「ふたーつー」「みっつー」……と語尾を伸ばして心中で唱えながら、ゆっくり鼻孔から大気を吐き出す。この時、横隔膜は上がり、下腹部はへこむ。呼気にかける時間は「いつーつー」くらいまで。呼気は吸気より難しく、時間が短くなりがちなので、ゆっくり念入りにおこなう。

十分に息を吐き出したら、吸気にかかる。吸う時は自然に入ってくる息にまかせる。胸を大きく張ったまま、鼻から一気に大きく吸う。呼気が十分におこなわれていれば、おのずと息は入ってくる。深々と吸い込み、丹田に落とすように下腹部一杯に満たしてやる。

初心者は一呼吸に「とおー」以上数えるのは難しいが、慣れてくれば「じゅーごー」程度はできるようになる。そのうち、口や鼻孔からでなく、へそから息を吸い、へそから息を吐き出しているごとく感じるようにすること。脳裏に浮かぶ様々な思いは、へその下に追いやり、息を吐くと同時に外に出してしまう気持ちで呼吸する。

そうすれば、体中に充実感がみなぎり、気分は安らかに落ち着いてくる。冷え性の者でも、体がぽかぽかと温かくなってくるが、これは人に元来そなわる自然治癒力が高まっている証拠である。

頭を常に清涼にし、下半身を温かくすること。すると、血液はちゃんと環流し、胃腸の調子は良く、消化吸収・栄養排泄の諸作用は円滑におこなわれる。

宋の文人・蘇東坡《そとうば》は言っている。

——食事をしたら、腹いっぱいにならぬうちにやめ、散歩して腹を空にする。静室に入り、端座して出る息、入る息を数えよ。一息より数えて十息に至り、十息より数えて百息に至り、百息より数えて千息に至る。その時、身は山がそびえるようになり、心は寂然として虚空と等しくなる。こうなれば、いかなる難病もたちまち全快するのを自覚するであろう。

さらに、白幽子は声の調子を高め、こう説いた。

「かようにすばらしい効果をもたらす丹田呼吸の営みとは、なんと尊いことか。丹田のある臍下こそ、人体の中心であり、荘厳な浄土であり、己の体内にある阿弥陀仏なのだ。人が深く思念をこらす時、この阿弥陀仏はその観想の手助けをし、いかなる法を説くべきか、導いてくれる」

「そして、もう一つ」

道人は鉢の水をごくりと飲み干すと、

「修行者が今述べた内観の法に打ち込むあまり、心身が疲労してしまう場合がある。軟酥《なんそ》を用いておこなう観法というものが阿含《あごん》経典に示されており、内観による疲労をぬぐうのにきわめて効果がある」

と続けた。

「軟酥とは、いかなるものでしょうや？　して、その観法の中身とは？」

慧鶴は居ずまいを正した。道人は快くうなずくと、

「酥とは、牛乳や羊の乳を煮詰めた練乳のことだ。色も香りも清浄なこの軟酥の、ちょうど鴨《かも》の卵位のものが頭上に載っている、と思うのだ」

と、おおよそ次のように話した。

その風味は微妙に香り、頭をあまねく潤し、ひたひたと沁みながら降りてくる。両肩～両腕～胸郭、さらに肺～肝～胃～腸、そして背骨から腰骨にわたって潤し沁みこむ。

こう観ずる時、五臓六腑に集まった気の滞り、疝気《せんき》すなわち腰や下腹が痛む病、また気の滞りによって生ずる局部の痛みなどは、この想念とともに降下していく。さながら水が低きに流れるごとくに。こうして軟酥は体中を巡り流れ、両足を温め潤し、足心にいたる。

そして、かような観想の仕方もある。ひたひたと降りてきた酥の流れがたまり、下半身を浸し温めている。妙香の薬を煎《せん》じた薬湯を盥《たらい》にたたえて浸《つ》かる感覚だ。

こうした方法は、古代インド仏教唯識派の思想に由来する。すなわち一切の物事はそれを認識する心の現われなのだ、とする考え方だ。軟酥が体を流れて温めていると思えば、珍しい香気がにわかに鼻をうち、肌触りのよい感触がしてくる。そして、身心の疲労が実際にいやされる。

（四）　一期一会

道人は筆記に追われる慧鶴を気づかい、しばし沈黙する。

遠くの方で、野生の鹿同士が「ケーン」「ケーン」と鳴き交わす声がもの寂しく響く。山鳥であろうか、もっと近くで「バサ、バサッ」という羽音が聞こえ、かえって辺りの静寂さを浮き出させる。人間は、ここに居る二人だけのはずだ。

小宇宙のようなこの洞穴の空間で、道人の大きさ、優しさにすっぽり包まれる心地がする。忘れてはならぬ大事な点を書き止めながら、慧鶴は己が解き放たれるような、なんともいえない充実感に満たされるのを覚えた。

再び口を開いた道人は、こうしめくくった。

——丹田呼吸に基づく内観の法、そして軟酥の秘法の二つを入念におこなうなら、気血の滞りは消えうせ、胃腸も調和する。身心が快適になり、いつしか肌の色つやも良くなる。この観想を努め続けるならば、多くの病は治り、徳も積もる。その効果の遅速は修行の精進いかんによるのだ。

（道人の言われる通りだ。今日からただちに実行に移し、一日も早く効果を挙げ、身心の健康を取りもどさねば）

慧鶴ははやる気持ちを抑えられない。それを見てとり、道人は微笑を浮かべると、柔らかい口調で言った。

「実は、わたしも若い時分は病気がちで、そなたの病より十倍も重く医者からはみな見放され、あらゆる方法を試みたが効果がなかった。幸いこの二つの法を授かり、実践してみたら、一月もしないうちに諸々の病はおおかた治っていた。以来、身心はまことに軽安。来し方を思えば、さながら一睡の夢のようじゃ。こうしていられるのも、この秘法のおかげ。そなたには、その極意の伝授も終えた。もう、話すことはない」

そして、道人は目を閉じた。

慧鶴はすばらしい師との出会いに胸が熱くなり、深く拝礼して洞穴から表へ出た。すでに沈もうとする日の光が、わずかに木末《こずえ》を照らしていた。名残惜しい気持ちは封印する。道人の言葉を一つ一つかみしめ、雪道を一歩一歩確かめながら下っていく。

しばらく山を下りて振り返ると、白幽道人が洞穴の外に立ち、こちらを向いて両手を合わせている。

（なんと、ありがたい！）

こみ上げるものを抑えられず、慧鶴は身が震えた。

（私の病を案じ、祈ってくれているのであろうか）

（山を下る帰路の無事を、祈っていたのであろうか）

（私の今後の修行成就を、祈っているのであろうか）

慧鶴も合掌低頭し、最後のあいさつをする。とめどなく、涙がほほを伝った。

（五）　禅定一途

原宿・松蔭寺に帰着すると、慧鶴はそれまで重ねてきた坐禅の仕方を改めた。白幽道人に伝授された丹田呼吸に基づく内観の法と軟酥《なんそ》の秘法の修練に早速とりかかる。一心に続けていくうち、禅病の症状は次第に治まり、道人が保証した通りの成り行きである。

丹田呼吸には、コツが要る。最初は、丹田にうまく息が入らず、胸の辺りがいっぱいになり、逆に気がさかのぼる。そのうち、なにやら玉のようなものが胸から喉、さらに鼻より目へと昇ってきて頭へと行き、小さな飛鳥のごとく飛び抜けて天空へ去ったと感じた。

これより精神壮快となり、逆気の覚えはなくなる。身心がすっきりするにつれ、手に負えぬ難解な公案の数々が根底からすっかり分かるようになった。思わぬ収穫である。

翌年秋、慧鶴は旧師・息道和尚の病状悪化を知る。ただちに沼津・大聖寺へ赴き、専心看護に当たった。その間、夜は必ず線香八本分の夜坐を欠かさず、昼も薬湯の世話の合い間に鋭意坐禅を組む。一年後、看護のかいなく息道和尚ついに遷化《せんげ》。享年七十六歳。

そのあくる年の正徳三（一七一三）年、二十九歳の慧鶴は悟後の修行のため、再び雲水行脚を発心する。伊勢～美濃～若狭……と諸国の禅寺に次々世話になり、住持の和尚の教えを受ける。

しかしながら、かつての正受老人のような師匠にはなかなか出会えない。

このころ美濃各地の禅寺では、「平実禅」と唱える独特の参禅法がはやっていた。禅道成就には坐禅も公案も必要ではない、とする流儀だ。慧鶴にはその行き方がいかがわしく映り、庶人への俗受けをねらい禅道本来の厳しさを骨抜きにしていると思える。

この平実禅への同調を誘われると、慧鶴は「俗耳を尊んで、具眼を卑しむのか」「平実禅とは、ぬるま湯の居眠り禅であろう」と馬翁譲りの毒舌で一蹴した。かの和尚の偏屈ぶりが今は妙に懐かしい。そして、山城の山中に独居し、日夜瞑想にふけっていた白幽道人の姿が思い浮かぶ。

（いっそ独りで山ごもりをし、禅定《ぜんじょう》一途にはげんだ方がいいかも）

とひらめき、慧鶴は近辺に隠棲の地を探し求める。

姿勢と呼吸をととのえ、心を一つの対象に集中する禅定修行は、修験道では高山に登って行場を探す。弘法大師剃髪の古寺で、幽邃《ゆうすい》の仙境とうたわれる泉州・槇尾《まきのお》山の施福寺にまず登る。が、願いは許されず、やむなく下山。近くの蔭涼寺《いんりょうじ》を訪ねるが、ここも意にかなわず、旧知の岐阜・岩崎の霊松院に移る。いろいろ当たるうち、美濃太田の北方に適地があると聞き込み、現地へ赴く。

近在の集落に仏心の厚い鹿野善兵衛という有力者がいて、慧鶴の人物評を伝え聞き、後ろ盾になってくれるという。巌滝《いわだき》山という小高い山に草庵をこしらえ、日用の米塩の仕送りまで約束してくれる。一月後、慧鶴はその草庵に移り、坐禅三昧の暮らしを始める。時に三十一歳、家郷を離れて二年後のことである。

草庵のある山の中腹に、大きな巌のような石が危なっかしく飛び出している。慧鶴は今にも落ちそうな大石の上で坐禅を組み、昼夜瞑想にふける。美濃平野が一望でき、はるか北方には白雪を頂く越中・立山連峰が、その右手に信州・御嶽山が、それぞれ威容を示す。

足元の西には伊深《いぶか》の里があり、その右手にある高山は富士浅間神社を祀る美濃富士である。

（六）　唯識の教え

大石の上で禅定にふける慧鶴は、五年前に山城の山中へ白幽道人を訪ねた記憶がふっとよみがえる。余談の中で、

――人の心の奥底には、闇のような部分がある。そこには、日常ふだんの意識とかけ離れた無意識なるものが潜む。その無意識は日常の意識より圧倒的に深くて強く、意識の言うことを聞かぬ、やっかいな存在なのだ。

と、道人は古代インドの唯識の教えに触れた。

慧鶴は、夢を見た時の体験で思い当たった。

（潜在意識あるいは深層意識というか、ふだん想像もせぬような思念の世界が心の中に存在することはまちがいない。その世界が日常の意識の自由にならないことも確かだ）

禅病で苦しんだ折、「焦るな」「欲張るな」「落ち込むな」といくら自分に言い聞かせても、甲斐はなかった。無意識が意識の言うままにならないからと考えれば、納得がいく。

唯識の教えはこのやっかいな無意識には、「マナ識」という潜在意識と「アラヤ識」という深層意識の二種類がある、と説く。

マナは梵語で「思い量る」意。マナ識とは、

——無我すなわち自分などいないということが納得できず、どうしても「自分というものがある」と思い量る心。

なのである。「自分はいる」という自己主張は、「自分がかわいい」「自分さえ良ければいい」という個人主義・利己主義に容易に変わる。このマナ識の歪んだ、問題のある心の働きが、この世のあらゆる問題・難題を生み出している、と慧鶴には思える。

坐禅をずっと続け、禅定状態に入ると、

——天地宇宙いや万物と自分は一体だ。

という心理状態をおのずと味わう。一体どころか、無とか空という感覚さえ体験する。「おれが」「おれが」と言いたてる、世の我利我利亡者のような向きには、

——全ては一つで、本当はあなたも私もないのだ。分かってくれないか。

と、慧鶴は呼びかけたくなる。

また、アラヤは梵語で「蓄える」意。アラヤ識は、マナ識のさらに奥深く、人間の心の一番底に潜むもの、とされる。「蓄える心」ゆえ、人間の一切の経験がしまわれている。己だけの経験にとどまらず、祖先以来の経験も全てしまわれているのだ、という。

慧鶴がこだわるのは、

――人間の抱く暗い衝動の根源に、このアラヤ識が深くかかわっているのでは。

という推測である。

時々見かけるが、前世が臆病な犬であったかのごとく、辺り近所の人々に見境なく吠え立て、かみつかんばかりの者がいる。みっともないし、はた迷惑でもある。

――もしアラヤ識のせいなら、そういう困った心の働きは、なんとか制御できぬものか。

とも思う。

(それにしても、当世の人間の在りようはひど過ぎないか)

と、慧鶴は暗くなる。たとえば、二年前に松蔭寺を後にした時の家郷・原宿。近在の数か村で近年に起きた非道な事件は十指に余る。

女遊びのため、巨額の公金を使い込んで打ち首になった幕府代官の手代。駆け落ちしようと口説いた女に袖にされ、無理心中に及んだ禅寺の寺男。ばくちで負け、家宝の書画を二束三文で売り飛ばし勘当になった名主の倅、などなど。ほかにも、火付け・強盗・傷害致死・詐欺・横領……とおぞましい出来事が連続する。

しかしながら、こうした悪行も、言ってみれば個人どまりの振る舞いである。世の中には、もっともっと質の悪い「悪」が存在する。

世継ぎがほしいため四民の難儀を顧みず、「生類憐みの令」を定めた犬公方。民の救済に成果をあげた岡山藩参政・熊沢蕃山の名声をねたみ、濡れ衣を着せ失脚させた幕府最高儒官。富士山大噴火という未曾有の天災につけこみ、救援金の過半をねこばばした幕府勘定奉行……。権力の座にあって私心をほしいままにするこの手の所業こそ、真に「巨悪」の名に値する許しがたい行為だ、と慧鶴は痛憤する。

かような現状に照らすと、人間は非常に醜悪な生き物であり、ダメな存在だ、と言わざるをえない。しかし、それが人間の本性なのかと言えば、そうとも言い切れぬ節もある。

――アラヤ識には、やがて善になったり悪になったりする種子のようなもの、すなわち迷いの種子がたくさん蓄えられている。アラヤ識は一種の「蔵」だから、たとえ不良在庫品でいっぱいの困った蔵だとしても、蔵自体が悪いわけではない。不良在庫を優良在庫に全部取り替えてしまえば、同じ蔵が非常にいい蔵に生まれ変わる。

古代インドの唯識派の人々は、そう考えた。

慧鶴の脳裏に、かつて白幽道人が説いた内観の法の秘要がよみがえる。

――禅定に入り、調身~調息~調心と順を追って身心をととのえていくなら、人の心は必ずや一定の方向へ持ってゆくことができる。

との教えである。希望は残されている。

現状では、確かに人間は度し難く、救い難い生き物かも知れない。だが、それは人間の心の底のところに、そういうものを生み出す悪い種ばかりあるから、そうなるのだ。種さえ取り替えてやれば、別のものが芽吹いてこよう。

――人間が凡夫であるのは、煩悩の種子がそうだからなのだ。禅定に努め、煩悩の種子を悟りの種子に入れ替えてゆくなら、やがて人間は生き菩薩にも生き仏にもなれる。人間は努めよう次第で、すばらしい存在になりうる。

そう確信がわくと、慧鶴の顔はパッと輝き、喜色が満面にみなぎった。

(七)「白隠」称号

ある日、慧鶴がこもる巌滝山中の草庵に珍しい客があった。家郷・原宿の生家「沢潟屋《おもだかや》」の老僕・七兵衛である。長旅で疲れ切った顔に涙をいっぱい浮かべて、口を開いた。

「松蔭寺が一大事なのです。持病をこじらせ病床に伏すだんな様は、そのことをあなた様に告げてぜひ連れもどすように、とお言いつけなされたのです」

七兵衛が語った一部始終はこうだ。

今や松蔭寺は維持する金が全くなく、屋根は破れ壁は崩れ落ち、寺中にあるのは古畳が二、三枚のみ。それ以外は筵《むしろ》一枚あるわけでなく、雨の日は笠をかぶって庫裏《くり》と方丈の間を行き来するありさま。そうなったのは、寺の先住・透鱗和尚があまりにも世念がなく、世間のことに疎かったからだ。

「そもそも松蔭寺は、だんな様の叔父・大瑞和尚が中興なされた寺院。それが、こんな荒れようでは、『叔父君に顔向けできない。この非常時に寺の住持を務め、再興を図れるのは岩次郎いや慧鶴をおいてない。なんとしても、あれを連れもどして老後の安心をさせてほしい』と、だんな様たってのお望みでした」

慧鶴はしばらく無言のまま、考えた。

（この絶好の修行の場を捨て、娑婆の混乱に飛び込むのは甚だ勇気が要る。けれども、ここで帰らなんだら、年老いた父は大いに失望落胆するだろう。それは、とても忍びない。せめて父が元気でいる間は、窮迫に耐え松蔭寺に留まればいい）

と心が定まり、帰郷する決意を固める。七兵衛を伴い、巌滝山を降りると、足掛け二年世話になった麓の村の鹿野善兵衛老人に別れのあいさつをし、ただちに郷里へ向かう。

松蔭寺にもどってから、金はなく食糧も乏しかったが、そんなことには心を労さない。青竹で編んだ籠の中に入り、丹田呼吸と坐禅とを併せ修行する日々である。ありがたいことに、丹田呼吸を重ねたおかげで、あれほど悩まされた禅病とはすっかり縁が切れた。

慧鶴は七兵衛と二人で田畑を耕し、自ら食物をこしらえる。木材を運び、壁を塗り、松蔭寺の復興に尽くす。慧鶴の父は非常に喜び、一時は持病も持ち直したが、翌年暮れ、安心した面持ちで安らかな大往生を遂げる。

郷里にもどって三年後の享保三（一七一八）年、三十四歳の慧鶴は僧としての位階を示す師位が京都の大本山・妙心寺の第一座となった。これを機に、僧号を「白隠」と改める。

仏教には「末法思想」という考え方があり、仏典には末法の世を告げる「白法隠没《いんもつ》」という言葉がある。「白法」は「清浄な善いおしえ」、「隠没」は「隠れてなくなる」意。仏教で言う末法思想とは、

――釈迦入滅後の仏教の流布期間を三区分し、その最後の時期を「末法の地獄の世」と観ずる考え方である。

仏教の教えがすたれ、修行する者も悟りを得る者もなくなり、教法のみが残る時期を末法時だ、

とする。日本では平安後期の永承七（一〇五二）年に末法期に入ったと広く信じられ、仏教界や一般思想界に以来深刻な影響が及ぶ。白隠の僧号には、

――末法の世に生まれ合わせたが、信ずる禅法を掲げ地獄の苦に悩む衆生を救わん。

という気概がこもっている。

（八）　恩人二人の死

この年、同門の人たちが協議し、白隠に松蔭寺の住持になるのを承知させる。松蔭寺は、透鱗和尚が借財を重ねて寺産の多くは人手に渡っており、この後しばらく白隠は寺の建て直しに苦労する羽目に陥る。寺の荒れようは、

――堂屋に星光を宿せしめ、床間に雨露をそそぐ。あるいは笠を頂いて事をとり、あるいは下駄をつけて霊をまつる。寺産は皆、債主のために奪われ、僧物はことごとく商家のために質せらる。

というありさまだった。

しかしながら、いかに荒れ寺、破れ寺とはいえ、一国一城の主となった境涯は、一雲水として諸国を遍歴していた身とは大違いだ。巌滝山での暮らしを追憶し、

『情あるも　つらきも遠く　なりはてぬ　うれしや余処《よそ》の　山は尋ねじ』

と詠んでいる。

白隠のもとには参禅する在家の居士の姿が次第に増え、幾人かの弟子もできるようになる。時には、子供たちを集めて手習いを教えることもあった。

それから三年後の享保六（一七二一）年十月六日、正受老人が遷化される。享年八十歳。信州・松代藩主の血筋を享《う》けながら、数奇な生い立ちをたどり出家の道へ。狼の出没する最中、村の墓地で坐禅修行に挑んだ剛毅な気性。至らぬ弟子の慢心を見抜くや、坂から蹴落とし、縁側から叩き出し、容赦はなかった。厳しい禅問答の試練を課し、悟りの道の何たるかを体得させてくれた生涯の師である。

末期の一句は「死急にして道《い》い難し／無言の言を言とす／道《い》わじ道《い》わじ」。この師らしい含蓄のあるもの。また、「指し当る事のみ思へ／ただ帰らぬ昔／知らぬ行く末」との道歌も残した。今日ただ今の心がけの大切さを説く「一日暮らし」の教えである。白隠は粛然とし、懇篤なお悔やみ状を跡目の宗格に送った。ただ一心にお経をあげ、老師の冥福を祈るのみであった。

一か月もたたぬうち、なんと今度は龍海の訃報が山陰・米子の縁者から届く。

――京都の隣家の人から急死の連絡があり、独り身と承知ゆえ、すぐ駆けつけて委細が判明した。死因は脳卒中、享年五十二歳。手紙の束から照合し、親しい間柄の人々にだけご通知する次第。

というそっけない内容だった。

胸の中にぽっかり大きな空洞が開いたような強い衝撃である。白隠は呆然《ぼうぜん》とし、やがて嗚咽《おえつ》が起こり、とめどなくむせび泣きを続けた。己の胸中に占める龍海の存在が、いかに大きかったことか。

初対面は美濃大垣・瑞雲寺での二十歳の折。柳宗元の絶唱を手本に漢詩の神髄を説いてもらい、文学と人生の何たるかを教わった。翌年春には伊勢・関宿に二人旅をし、龍海の亡父・熊沢蕃山の経世済民の遺志について貴重な教示を受けた。それまで疎かった政治や社会の裏面について、多くを学んだ。

京都と駿河に離れ離れとなってからも、困った折には随時貴重な示唆を授けてくれた。何にも代え難いのは、重度の禅病に苦しみ挫折寸前に陥った己に、白幽道人の存在を教えてくれたことである。

（思えば、龍海兄者こそ一番の恩人。世話になるばかりで、恩返しらしいことは何一つできぬまま、こうして先立たれてしまった。この上は、兄者の菩提を弔う意味でも禅定を成就し、衆生の教化救済にはげまねば）

と白隠は固く心に誓う。龍海からもらった手紙類を仏壇に供え、好んだ般若心経を唱えて、その追善供養を丁重におこなった。

第七章　富士のお山に原の白隠

（一）　釈尊の教え

それからしばらく、白隠は生涯を大きく変えることになる重大な体験をする。享保十一（一七二六）年秋、四十二歳の折である。

徳源寺という同じ妙心寺派の禅寺が近くにあった。松蔭寺より格式のあるその寺の東芳和尚が主宰し、数日間にわたる読経の法要を開く手はずとなる。参加する僧にはあらかじめ読経すべき経典が指定され、白隠のそれは図らずも法華経であった。

十六歳の際に初めて読むも、つまらぬ内容に思え、仏教の教えそのものにも疑いを差しはさんだ因縁づきの経典だ。気が進まぬ中やむなく居室で下読みにかかり、序章から順を追って読み進んでいく。この夜は、第三章『譬喩品《ひゆほん》』にちょうど差しかかっていた。

法華経には七つの譬えが説かれており、「法華経七喩《しちゆ》」と言われる。この譬喩品では、七喩の一番目『火宅の譬え』が説かれる。白隠の目は、急所をとらえた。

――羊車・鹿車・牛車は、今、門の外に在り。もって遊戯《ゆげ》すべし。汝等は、この火宅より宜しく速やかに出で来るべし。汝の欲する所に随って、皆、当《まさ》に汝に与うべし。

章の内容のあらましはこうだ。

あるところに、富豪の長者が子供たちと住んでいた。家は大きく、広かった。その家が突然、火に見舞われる。長者は速やかに戸外に脱出する智慧を持ち合わせているが、子供たちは燃え盛る家の中で、玩具を手にいつまでも遊び戯れている。

父なる長者は「家から出ておいで。さもないと、焼け死んでしまうよ」と呼びかけるが、子供たちは聞く耳を持たない。父は一計を案じる。「子供たちよ。家の外には、羊や鹿や牛の車とか、とても面白いおもちゃがあるよ。さあ、表に出て遊んでごらん」と声をかける。子供たちは父のその言葉につられ、燃え盛る家（火宅）から無事に脱出することができた。

経文には「三界は安きこと無く、なお火宅のごとし。衆苦は充満して甚だ怖畏すべく、常に生・老・病・死の憂患ありて……」とある。父なる長者は仏陀に、火宅に遊ぶ子供たちは三界で苦しみ悩む衆生に、なぞらえられる。三界とは、「欲望にとらわれる欲界」「物質的なものにとらわれる色界」「肉体や物質的なものから離れた無色界」の三つの世界を指す。生きとし生けるものは、これらの三つの迷いの世界（三界）を輪廻《りんね》するとされ、三界に身を置くのは、衆生にとって心安らかなことでは決してない。

この章の冒頭、仏陀は自分の十大弟子のうち智慧第一とされる舎利弗《しゃりほつ》と問答し、

――そなたは未来世において仏となり、衆生を教化するであろう。

と成仏の予言と保証をする。

舎利弗が千二百人もいる仏弟子の仲間たちにもあまねく真の教えを説いてほしいと願うと、仏陀は

——方便に従って火宅を出た子供たちには、等しく真実の教えが与えられる。

と請合《うけあ》う。

白隠はハッとした。舎利弗やその他の仏弟子たちと己の姿が瞬間、二重写しになる。大勢いる仏弟子の中には落ちこぼれがいるし、教化の対象となる衆生の中には頑迷固陋《ころう》・無知蒙昧《もうまい》な手合いが当然混じる。だからこそ、火宅に遊ぶ子供たちの譬えが生まれたのだ。

（ああ、私も必ずや救われる。全てを受け入れ、絶対平等・絶対肯定を貫く仏陀の優しさ、大きさは何とありがたいことか。慈悲とは、まさしく仏陀のこの広大無辺の御心を指すに相違ない）

比喩ばかりだからつまらぬ、と受け取ったかつての己の浅はかさを恥じると同時に、経文が説く比喩の深意にやっと気づいて勇気がわき、白隠の胸に熱いものがこみ上げる。

その時、庭の石畳の上でコオロギが「ル、ル、ル」と声を連ねて鳴くのを耳にする。静かな夜更けに、残り少ないわずかな命を振り絞るように、コオロギはかぼそく鳴き続ける。白隠の心には、それが生・老・病・死の憂いを抱えて生きねばならぬ衆生の哀れさ、命の尊さを象徴する響きに映る。思わず感極まり、白隠はワッと声を放って号泣した。

白隠はこれまで幾度となく悟りの体験を得たと感じていたのが全て思い違いだった、と気づ

く。二十代半ばのころ、正受老人に言われたことが今初めて、身に沁みて分かる。そう分かってみると、釈尊が説かれた経説の真の意義が手に取るように見えてきた。

飯山からもどって少し後、「一切の知者及び高僧にして菩提心無き者は、ことごとく魔道に堕す」という言葉に出合い、菩提心とは一体何なのかと疑問を抱いたことがある。たった今、それは『四《し》弘《ぐ》誓願《せいがん》』の実践にほかならない、と悟ったのだ。四弘誓願とは、

衆生《しゅじょう》無辺《むへん》誓願《せいがん》度《ど》
煩悩《ぼんのう》無尽《むじん》誓願《せいがん》断《だん》
法門《ほうもん》無量《むりょう》誓願《せいがん》学《がく》
仏道《ぶつどう》無上《むじょう》誓願《せいがん》成《じょう》
（衆生は無辺なれども、誓って度《すく》わんことを願う
煩悩は無尽なれども、誓って断たんことを願う
法門は無量なれども、誓って学ばんことを願う
仏道は無上なれども、誓って成ぜんことを願う）

という四つの大誓願である。

かつて正受老人は「悟後の修行」ということを常に口にした。その修行とは、この四弘誓願を実践してゆくことに相違ない、と確信できた。「小を得て足れりと為《な》すことなかれ」、いったんの小悟に安住していてはならぬ、と師はよく戒めた。

飯山を去って十八年、ようやくにして老師の教えの神髄が骨身に沁みて分かったのである。

（二） 隠し子騒動

――人が無知で愚かしいことは、いかに罪深く怖いか。

という一事を白隠はしみじみ思い知る。

法華経の深意にようやく気づき、実践を誓った四弘誓願の第一条は「衆生無辺誓願度」。すなわち無知蒙昧なる諸々の人々を救わんとする、果てしもなく大きな願いだ。釈尊のお導きにより、幸い宇宙の真理に目覚めた己。その己独りを貴しとして、余のことは与《あずか》り知らぬとは知者たるものの態度ではない。修行を通して己が得たものを人々にぜひ伝えたい、と心底念じた。

この時期、衆生済度を強く発心させる機縁となる出来事が白隠の身に降りかかる。

松蔭寺の門前に、白隠に深く傾倒する商人の一家が住んでいた。そこの年ごろの娘が悪い男に引っかかり、妊娠してしまう。「相手の男の名を言え」と父親に責めたてられ、「白隠さんです」

と娘はつい嘘を言う。父が敬う白隠の名を出せば何とかなるのでは、と魔がさしたのだ。

娘の言い分を真に受け、父は「この生臭坊主！」とののしり、赤ん坊を白隠に押しつけた。白隠は黙って抱き取り、水飴《あめ》をなめさせたり、もらい乳をして、独りで育て始める。

一年が過ぎ、ある雪の降る日。白隠は赤ん坊を抱き、寺を後に托鉢に向かう。娘は、その後ろ姿を見てワッと泣き出した。母としての情がこみ上げると共に、嘘をついたままの良心の呵責《かしゃく》に耐えかねたのである。

父親に、赤ん坊の本当の父のことなど何もかも白状してしまう。驚愕した父親は、白隠の前にひれ伏して非礼を詫び、許しを請う。白隠は、

「そうか、この子にも父親はあったか」

とつぶやき、あえてとがめなかった。

この経緯はすぐ世間の知るところとなり、一時は信用をなくしかけた白隠の評判は一遍にはね上がる。師の姿を恥じ立ち去った弟子たちも再びもどって来る。その人柄を慕う人は以前にまして増えた。

白隠の持ち前の度量の大きさを人々に強く印象づける一幕となった。

この一件により、白隠はかつて龍海から伝え聞いた熊沢蕃山の切言を想い起こした。

――庶民教育の大切さ、そして平易に興味深く教えることの大切さ。

である。その折、龍海はこう付言した。

――儒学者には珍しく仮名書きの文章を多用し、民衆が好む歌謡を生かすこともし、蕃山は衆生に語りかける努力を重ねた。

その示唆するところに従い、白隠はさっそく思案に入る。


松蔭寺の門をたたく者は一般民衆も多く、町人や農民、主婦、老女、女中から遊女、遊び人まで いた。手習いを教わりに通ってくる幼い子供たちやその親たちも出入りする。

白隠の脳裏に、幼いころなじんだ子守唄の懐かしい一節がふとよみがえる。子守唄は万人の心に素直に沁み入るものではないか。

「七・七・七・七」で節をそろえ、口調よく工夫してみる。

『親子もろとも　この世が地獄　子供はじめは　性善なれど
愛が過ぎれば　気随になるぞ　友を選ぶが　まず第一よ
友が悪けりゃ　悪いがうつる　友が嘘つきゃ　嘘つき習う』
『麻につれたる　蓬《よもぎ》の草よ　親のしわざが　みな子にうつる

親がよければ　子もよいぞ　親が欲なと　子供も欲な
子供不幸で　片親ないは　なおも育てが　大事でござる』

だれにでも覚えやすい子守唄の文句を通して、子育て・人づくりの勘所がおのずと頭に入る仕掛けである。

（三）　八面六臂

さらに、仏教では一番重要な徳目たる布施の大切さを教えようと、「施行歌」を工夫した。
『富貴さいわいある人は　貧者に施しせらるべし
貧者に施しせぬ人は　富貴で暮らす甲斐もなし』
と呼びかけ、ついには
『この節信心起こらねば　全く牛馬に異ならず』
とまで言い切るのだ。

この時代、天災などで飢饉がよく発生した。飢餓にあえぐ人々を救わんがため、緊急に食べ物や浄財の供出を呼びかけるのが施行歌だ。白隠は、とりわけ富める者の施しの大切さを説くのに力をこめた。

また、長年の修行を通してつかんだ禅の神髄を日常の言葉で平易にかつ興味深く伝えようと試み、「仮名法語」と呼ばれる書物を次々と著す。いわく『安心法興利多多記《ほこりたたき》』『御代《みよ》の腹鼓《はらつづみ》』『見性成仏丸方書《じょうぶつがんほうがき》』『善悪種蒔鏡《たねまききょう》』などなど。歌物語ふうにした仮名法語も編み出した。『おたふく女郎粉引歌』『大道ちょぼくれ』などで、白隠一流の奇抜な滑稽《こっけい》味に富む。

仮名法語の極め付きが『坐禅和讃』である。

――衆生本来仏なり（中略）直に自性を証すれば　自性即ち無性にて（中略）この身即ち仏なり。

仏法の教え・坐禅の要諦を七五調で見事に言い当てたこの法語は、白隠以降、臨済宗の禅寺では必須の経典となる。「直に自性を証すれば」は「自分の本心を明らかにすれば」、そして「自性即ち無性にて」は「そこには何もないと分かり」の意である。

若いころ大いに凝った書画の道も、衆生教化のすべに生かさぬ手はない。富士のふもとで生まれ育ち、禅画の画題となると自然にこの名峰が多くなる。

富士山は、すっきりした単純な形が端正な美しさをかもし出す。白隠は一筆描きのように単純な一本の線で、画面中央に富士山を描く。禅画は「賛」という絵に添える詩文を書き込むのが普通だ。この「富士山図」の賛には、

『おふじさん　霞の小袖　ぬがしやんせ　雪のはだへが　見度ふござんす』

と色っぽい文句を俗謡めかして連ねる。

そして、「羽衣の松」のある三保の松原を前景にあしらう「富士山図」も描いた。こちらの賛には、

『恋ひ人は　雲の上なる　おふじさん　はれて逢ふ日は　雪のはだ見る』

と入れる。いずれも、白雪におおわれた霊峰を白い肌の美しい女性になぞらえ、恋人に見立てている。人の師表たる禅僧が、こんな艶っぽい言葉をなぜ添えるのか。

富士山はきれいに全容が見えればありがたいが、大概は雲がかかっていたりしてすっきりいかない。美しい女性「おふじさん」には、人間の心の聖性を仮託している。霊峰をおおう霞や雲は、人の欲心や邪心に等しい。「衆生本来　仏なり」、すなわち雑念さえ払えば、「この身即ち　仏なり」なのだ。白隠の賛は、そう呼びかけている。

仮名法語によるくだけた説法や禅画の艶っぽい賛は、一部の層には禅の俗化と映り、非難も受けた。が、一見俗に見えて俗に非ず、その実は高遠な内容をたたえている。

軽妙飄逸な筆さばきで人をにやりとさせる禅画をいろいろ描く一方、独特の風格ある墨書も数々残した。きちんとして力強い楷書、柔らかく温かみのある行書、流麗で品位ある草書。硬軟自在だが、禅画と同様、その真骨頂は闊達自在で雄勁《ゆうけい》な筆致である。

掛け軸によく描いた「南無地獄大菩薩」の七文字。丸太ん棒を思わせる分厚く力強い墨線が縦横に躍動する。精気みなぎる白隠の生命力が筆先から紙面に乗り移り、その念力・集中力が人を打つ。作家の脈打つ息吹を言う気韻生動そのものの迫力である。

この七文字のうち、「南無」は「仏陀に帰依する」意。「地獄大菩薩」は一見矛盾する表現のようだが、さにあらず。地獄を主宰する「閻魔《えんま》大王」とは衆生済度のため現れる仮の姿であって、その本源の姿は「地蔵菩薩」なのだ。

――地獄も極楽も、心の鏡に映る自意識の表れ。地獄・極楽、閻魔・地蔵は表裏一体だ。と白隠は講話や著作を通じ、再々指摘した。

（四）　隻手の音声

このころ、雲水二十人が組になって参禅・入門を願って来る。固く断るが、幾日も庭先を動かない。やむなく、入門を許すことにした。

そんな次第で、松蔭寺に参集する修行者が多人数となり、食糧が極度に窮乏する。厨房を切り盛りする典座《てんぞ》役の僧が、商家で捨てる酸《す》っぱくなった醤油かすを手に入れ、利用した。冷汁にして出したら、中に虫の動くのがある。白隠がとがめたら、窮状を告げられ、返す言葉がなかったという場面すらあった。

弟子の中の異色は、お察という近所に住む娘だ。白隠の縁筋に当たるこの娘は十六の時に入門し、参禅を重ねること八年。前の年に遅い結婚をし、今は女房の身である。器量は良いとは言えず、機転も利く方ではない。が、こらえ性があり、肝の据わったところもあって、白隠はおのずと目をかける。

ある日、白隠はお察に禅問答を仕掛けた。

「『隻手《せきしゅ》の音声《おんじょう》』を何と解く?」

「白隠の『隻手の音声』を聴くよりは、両手を打って商いをせよ」

とお察は即座に言ってのけ、涼しい顔をしている。

白隠はからからと笑い、「なかなかである」と評し、公案透過（合格）とした。実利が大事な主婦の本音と受け取り、度量の広い白隠はそれはそれで良し、と認めたのだ。

この公案は、白隠が四十三歳の折に自分で新たに編み出したものだ。

『隻手の音声』の意味とは、両手で手を打つ時はパンと音がするが、隻手つまり片手だけでは音はしない。この音のしない音をどうやって聴くか、という問いだ。

――耳をもって聴くべからず、深慮分別を交えてもいけない。感覚・知覚を離れ、行住坐臥いかなる時も絶えず不断に探り求めてゆけば、不意に感得するものだ。

と白隠は説く。さらに、こう言う。

――耳では聞こえない音声を聴こうとしても、理屈では解決できない。ついに追いつめられ、それまでの既成の知識がくずれ去り、新しい創造心が芽生えんとする。

公案はどこまでも公案であって、公案をただ消化すればいい、というものではない。公案は月をさす指にたとえられる。つまり月を見させる方便であり、月すなわち自分の本心を明らかにする「見性」のために用いられるものだ。お察がパッと本心をさらけ出したのは「正解」だったのである。


白隠が奉ずる臨済禅の本領は公案禅である。その昔の正受老人と己のごとく、師と弟子は公案をめぐる問答によって厳しく切り結び、激しい渡り合いの末に悟道へ至る。白隠が編み出したこの『隻手の音声』は、中国伝来の公案の代表格『趙州《じょうしゅう》の無字《むじ》』(「犬に仏性は有りや無しや?」と問うもの)と並んで後世、臨済禅入門には欠かせぬ公案の双璧となる。

(五) 禅界の一大巨城

そのあくる年の元文元(一七三六)年秋、松蔭寺に新しい僧堂が完成する。建設に尽くした協力者数人に対し、白隠は韻文の偈《げ》(詩)を詠んでその労に感謝した。時に五十二歳。

美濃の巌滝山からもどり、荒れ寺を継いでちょうど二十年の歳月がたっていた。

翌年冬、白隠は伊豆・臨済寺の求めに応じ、中国・宋代の圜悟禅師が編んだ禅書『碧巌録《へきがんろく》』十巻について説法をおこなう。近在の僧や信者ら聴衆二百余人。よその寺の求めに応じた出張講演の最初であった。

三年後の元文五年春、松蔭寺でおこなった説法会《せっぽうえ》には各地から聴衆がなんと四百人以上も集まる盛況となった。白隠は門下の面々に、

「我は宗師の端くれなれど、禅林を乱す者あらば厳罰に処す」

と申し渡す。正受老師直伝の厳格な指導法を踏襲し、弟子たちをびしびし鍛え、手抜きは一切しない。


この時代、日本の仏教界は沈滞しきっていた。徳川幕府は宗門人別帳制度を利用し、仏教を民衆の管理統制の具にしようと図る。寺院の多くは幕藩体制の中に抑えこまれ、官僚制に深く組みこまれながら生き延びようとした。

白隠が属する臨済宗の禅林でも、管理統制に都合がいいよう大本山・中本山・小本山と寺院の系統化・序列化が図られる。一山の長たる高僧は、そのあかしとして最高位の印・紫衣《しえ》をこれ見よがしに身にまとう。各寺院は伽藍《がらん》の壮麗さや法式の華美、寺産の拡張など見てくれを飾るのに

躍起で、坐禅修行や教学の研鑽などそっちのけのありさまだった。

独り白隠が選んだ道は、そうではない。紫衣の栄誉などには目もくれず、年中黒衣一つを身にまとい平然としている。荒れ寺のまま引き受けた松蔭寺は、大本山・妙心寺からは孫寺に当たり、中本山である駿河・興津の古刹・清見寺の末寺に過ぎなかった。

名利《みょうり》とは縁遠いそんな白隠のもとに、諸国行脚の雲水たちが各地から続々やって来る。松蔭寺のみでは収容しきれず、近くの社やあばら家などを借り、自炊生活をしながら精進にはげむ者も数多く出た。最盛期には二百人を超す修行者が参集し、ために辺り一帯は当時の「禅界の一大巨城」の観を呈する。


弟子たちが凡百の禅家に飽き足らず、白隠を師家《しけ》と仰いだのは、余人にはない本物の禅匠のにおいを嗅ぎとったからだ。彼らは貧乏寺で食うものも食わず、厳しい師の叱咤にも耐え、棒で打たれようと逃げもしない。

白隠は外道が見ても哀れに思うほど、しごきにしごいた。弟子たちの大成を願うがゆえである。彼らは寺を訪れる時は、美少年のように肌が艶々と桜色なのだが、見る見るやつれ幽霊のようになってしまう。熱心な者ほど、体力の限界を超えて肺を患い、全身病の巣と化してしまう。

さすがに白隠も見るに忍びず、かつて白幽《はくゆう》道人から教わった「内観の秘法」を授けることにし、

――臍下丹田《せいかたんでん》に全身の気を集め、そこから腰へ、足から土踏まずへ、と己の想念によって気を流していけ。かように想念によって気を送り続け、五日、七日、二週間、三週間……。それでも気の滞《とどこお》り、神経衰弱、肺病などの諸症が底を払って平癒せずんば、老僧が頭を切り将《も》ち去れ。

と自分の言うことが間違っているなら、首をやってもいいと断言した。白隠のこの気合が伝わり、「内観の秘法」を実践した弟子たちは効き目に遅速はあれ、大半は病が全快するのを常とした。

（六）　東嶺と遂翁

白隠は弟子たちに対し、禅者たるものの心構えについて、こう戒めた。

世間には禅師や師家と称する者がいっぱいいるが、真の公案禅を打ちたて、師家の名に恥じない人は絶無に近い。大方は衣食住の豊かなのを栄華とし、弟子や信徒が多いのを宗風の誇りとしている。弁舌や才知を智恵と思い違いし、尊大ぶって麗々しいのを徳義とする。美しい絹の衣を着飾り、体得もせぬ禅道を説きちらし、額に汗して蓄えた民の財貨をかすめ取る。

「こうした手合いは因果の理法も報恩の大切さも知らず、来世の存在はもとより信ぜず、現世の名声や利益のみを追求する。はては己の臨終に当たって、半死半生・七転八倒の苦しみにさいなまれてあがき死に、あたら一門の名を汚す始末だ。そんな似非《えせ》坊主どもも、出家発願《ほつがん》当時はたいてい純真無垢だったのだ。それが、どこかで道を踏み外していく」

その趣旨を鋭敏な感性で直覚した者たちが、白隠の法脈を継ぐ高弟として育っていく。

白隠は先哲の禅思想をふまえ、修行者に「大信根」「大疑情」「大憤志」の三つの必要を説いた。大信根とは、銘々が心の奥底に仏性を具えていることへの確信。大疑情は、非合理の公案にいかなる深い禅旨が宿されているか、疑問を抱く深慮。大憤志は、大いなる発憤、すなわち「やる気」である。

この三つは、別物ではない。己の身に仏性が宿されているとの信に徹し、公案が己の仏性を開発する方便なら、その公案にいかなる禅の心が込められているかとの疑いを込めた思索の念が当然起きてくる。その思索が合理的知識では不能と分かれば、体全体で公案に同化しよう、成りきろうと必死に修行に励む。大憤志を起こす原動力は「信根」に次ぐ「疑情」なのだから、「大疑の下に大悟あり。疑い十分あれば、悟り十分あり。」と白隠は説いた。

享保三（一七四三）年、後に白隠の実質的な後継者となる東嶺《とうれい》が初めて松蔭寺の門をたたく。時に二十三歳、白隠五十九歳。東嶺は近江に生まれ、九歳で出家し、十七歳の時に九州に渡って日向・大光寺の古月和尚に師事した。生来、勤勉努力の人であり、機略に富んでいた、といわれる。

この古月和尚もなかなかの傑物で、臨済宗大本山の京都・妙心寺住持に招かれながら応ぜず、一生を黒衣一つで通す。俗流に走り低迷する近世の禅界をよみがえらす逸材として、「西の古月、東の白隠」と並び称された。ちなみに、古月は白隠より十八歳年長。

東嶺は古月門下に入るも得心のいかぬところがあって満足できず、悶々とするうち白隠の盛名を聞き、古月のもとを離れ東上する。古月は七年後に亡くなるが、門下の多くは東嶺にならって東上し、白隠に師事する道を選んだ。

東嶺が弟子入りして三年、これも後に白隠の後継者の一人となる遂翁《すいおう》が門下に加わる。北関東・野州の出身で三十一歳、東嶺より五歳年長だが、入門が遅いので東嶺には兄事した。「不羈奔放《ふきほんぽう》で、酒を好み、常軌に捉われず……」と風来坊然とした横顔が伝えられる。

東嶺や遂翁ら高弟たちに、白隠はよく説いた。

――出家と在家は車の両輪に等しい。出家は、在家の人々から世俗社会のさまざまな問題を学ばねばならぬ。社会の変化に即応できねば、衆生の教化はできない。

そして、こう諭した。

――出家たる者は、まず人に法を説くことだ。法を説くには、仏教の全てを学べ。いや、全ての学問を学び、それを力として法を説いていけ。それにより、人々を救っていけ。それを持続していけば、煩悩の湧くひまはない。やがて、仏道成就の日がやって来る。

東嶺は、師のことを、

――姿貌奇異、虎視牛行。
機鋒峻《きほうしゅん》にして、近傍し難し。

と評した。姿や顔がごつくて、変わっている。百獣の王のごとく眼光鋭く、のっしのっし牛のように重厚な足取りだ。舌鋒が鋭く険しいので、近寄り難い、というのである。師の厳しい叱咤によく堪えた東嶺と遂翁は、数十人を数える高弟のうちの竜虎・双璧と目されるようになる。二人は互いに相許し、白隠の法嗣《はっす》としての活動に齟齬《そご》はなかった。

（七）「地獄極楽」問答

『駿河に過ぎたるもの　二つあり
富士のお山に　原の白隠』

白隠の名が天下に知れ渡るにつれ、日本一の名峰と並び称される里謡が世間にはやった。松蔭寺のある原宿は、東海道でも関東寄りの交通至便の地。街道を上下する大名や武士、公卿、文人らが白隠の盛名を伝え聞き、教えを請おうと再々立ち寄った。

参勤交代の尾張藩の大名行列が原宿を通過する際のこと。同藩侍大将を名乗る織田信茂という中年の侍が休息の間に行列を抜け出て松蔭寺に立ち寄り、教えを請いたいと面会を求めた。白隠六十三歳のみぎりである。

客間で対座した信茂を、白隠はじっと注視する。侍らしく引き締まった体つきで容儀風采はまずまずだが、顔色がやや冴えず、眼光に力がない。

——この二、三年、同世代の朋輩や縁筋の者などに次々と先立たれ、己の生死の問題を身近なものとして、にわかに意識するようになった。

と信茂は前置きし、来意をこう述べる。

「仏法の講話に出てくる地獄、極楽とは、真実あるのでござろうか？　真実あるなら、それがし身まかれば、いずれかに行かねばならぬ。あるのか、ないのか？　仮にあるなら、自分が行くのはいずれになるのか？　二重の疑問にとりつかれ、このところ体調もすぐれぬ、恥ずかしき体たらくでござる。ぜひ、ご教示を仰ぎたく……」

頭を下げる信茂を見ることもなく、白隠は無表情のまま押し黙っている。

二分、三分、五分……と時間が過ぎていく。しびれを切らし、信茂は再び口を開く。

「和尚、後生だから、死後の世界に地獄、極楽はあるのかどうか、だけでいい。ご坊を真の善知識、高徳の僧と思えばこそ、折り入って尋ねるのだ。どうか、お教え願いたい」

と畳に手をついて頭を下げる。ようやく、白隠はやりとりに応じた。

「見たところ、お主は侍の格好をしておるが、何を血迷って地獄だの極楽だの、とほざく。侍なら、侍らしく、じたばたしなさんな」

「侍だからといって、地獄、極楽の有無を尋ねてはいかんのか。ご坊、もしや、答える自信がないわけではあるまいな？」

信茂の表情は真剣である。白隠は生半可にはいかない、と腹を決め、

「そんなに知りたくば、お主いっそ、あの世に行ってみたらどうじゃ。武士道とは死ぬことと見つけたり。ここぞという時に死ねるのが、真の武士。ひとたび死ねば、もう死なん。何事もうっちゃって、死んでみよ。閻魔も鬼も、ぎゃふんとするぞ」

「…………」

「そんなに、死ぬのが怖いか。そうまで気にかけるのは、おおかた腰抜け侍と相場が決まっておるわ」

とたんに、信茂は朱を注いだように顔を真っ赤にし、大声を張り上げる。

「何を申す。拙者を腰抜けとは何事か。言わせておけば、言いたい放題に人を愚弄《ぐろう》しよって、無礼者め！　謝らんと、いかに白隠といえど許しおかんぞ」

血相が変わり、唇がわなわな震える。それを見据え、白隠はたたみかける。

「いくらか骨があったか、この腰抜け武士！」

この一言で頭に血が昇ってしまい、

「おのれ、もう容赦はならんぞ！」

と信茂は刀の柄《つか》に手を伸ばす。その瞬間、白隠は、

「そこが地獄だ！　地獄の扉が開いて、お主を待っておる」

と大喝一声を浴びせ、はったと信茂を睨《にら》みつける。両者の視線が衝突し、一瞬はげしい格闘を交わす。厳しい語調に打たれた上、すさまじい気力のこもる白隠の爛々《らんらん》たる眼光に射すくめられ、思わず信茂はうつむいてしまう。

「うーむ」

と長考しばし、金縛りにあったように動けない。

やがて、身を正すと、

「拙者、まことに腰抜け侍でした。この度の仕儀により、地獄のありかが身にこたえてよく分かり申した。一時の怒りのまま、すんでに身を滅ぼしかねぬところでした」

得心がいった信茂は、丁重に頭を下げる。

「それ、そこが極楽じゃ。極楽の扉が開いて、お主を待っておる。地獄、極楽は表裏一体じゃ。どっちも、人の心の中にあるのよ」

ほんの少し間をおき、

「生きておればこそ、憂きも辛きも楽しみよ。侍じゃとて、死んでよかろか」

と白隠は節をつけて唱えるなり、笑みを浮かべて座をはずす。

その体を張った命がけの教導の尊さが身に沁み、腕組みをした信茂はしばらくその場から動かなかった。

（八）　胃腸治しの秘薬

寛延二（一七四九）年、六十五歳の白隠は漢文の本格的な禅書『槐安国語《かいあんこくご》』五巻を著す。唐代に成った中国の夢物語を踏まえ、漢籍・漢詩から縦横に禅語を選び、持ち前の日本的な感性で作品世界を構築。「日本人のための、日本人の手による『碧巌録』を」と白隠は意気込んだのだ。

若いころ馬翁和尚や龍海から、漢籍・漢詩について篤と教えを受けた経歴は徒《あだ》ではない。中年から晩年にかけ、白隠は禅に関する本格的な論考を次々と漢文で著す。すなわち『息耕録開筵《かいえん》普説』一巻、『寒山詩闡提《せんだい》記聞』三巻、『毒語心経』一巻、『荊叢毒蘂《けいそうどくずい》』九巻など。

この時代、漢籍に親しみ禅門に心を寄せる諸国の大名たちには、中国の禅僧に劣らぬ教養の深さを示す白隠に感服し、私淑する者が少なくなかった。肥後・熊本藩五十四万石の太守で歴代随一の名君とされる細川重賢《しげかた》もその一人である。

　晩秋のある日早朝。重賢は松蔭寺を訪れ、最近の体調不良と食欲不振を訴え、治療法を尋ねた。白隠はすぐさま治療を請け合い、ただし胃腸治しの秘薬ができるまで寺の客間から動かずじっと待つこと、と条件を一つ付ける。

　茶室に通された重賢はそのまま待つが、姿を消した白隠は一向に現われない。四ツ（午前十時）を過ぎ、昼の九ツ（正午）をまわっても来ない。あいにく朝食抜き、空腹のあまり腹はぐうぐう鳴る。いらいらが募り、

（和尚は一体、どうしたのじゃ？）

と立ち上がって部屋を出ようとするが、最前交わした約束がある。

　生つばを飲み込み、けんめいに空腹をこらえる。さらに時がたち、なんと八ツ半（午後三時）過ぎ。お膳を恭《うやうや》しく奉げ、白隠はしゃあしゃあとした顔で現れる。

「薬めが言うことを聞かず、調合に手間取りましたが、よく効くと存じます」

　悪態をつきたくなるのをこらえ、重賢がお膳を見ると、どんぶりに黄色く丸いものが二つ載った皿が添えてある。

「なんだ！　これは。ただの麦飯の茶漬けであろう。これが秘薬とは、なにごとか！」

と怒ってみたものの、空腹に耐えかね、重賢は茶漬けを口に注ぎ込む。その麦飯の美味いこと、

皿の中の黄色いもののもこりこりして塩味がほど良く利き、これまた絶品。

「これは、いける！」とつぶやくなり、重賢はがつがつ一気に平らげてしまう。

「いや、禅師。いかさま余の胃腸は治ったようじゃ。かようなまずい麦飯が、かくも美味く食べられるのが何よりの証拠」

と満足げな面持ちで胃に手をあて、薬のあった皿に目をやった。白隠はおもむろに、

「かの沢庵禅師の発明した沢庵漬にござる。大根を干し、米糠《ぬか》と塩で漬けたものです」


ここで、白隠は容儀を改め、厳しい口ぶりで言った。

「ただ今さし上げた麦飯の茶漬けも、空腹なればこそ美味いとお感じになった。国の基である多くの民は、この大根漬さえろくに口にできぬ貧乏暮らし。美食におごる余り身体の精気衰えるお身の上と、なんたる差異でありましょうや」

うなだれて聞いていた重賢は、「いや、不平がましいことを口にしてしまい恥ずかしい」と顔を上げ、

「余の不心得は、たった今より改める」

と謝った。

白隠は色紙を取り出し、さらさら筆を走らすと手渡した。

『貧しかりし　時も忘れて　食ひ好み　木の実の多き　秋の山猿』

とある一首を苦笑しながら読み下すと、重賢はさっぱりした表情で松蔭寺を後にした。

（九）　三岳道者

翌々年春、六十七歳の白隠は遠く岡山・少林寺にまで説法をしに赴く。帰路、京都に立ち寄り、富裕な信者の家にしばらく滞在した。

京都在住の絵師・池大雅《いけのたいが》が白隠の来訪を知り、同じく絵師の妻・玉瀾《ぎょくらん》ともども訪ねて来る。大雅は二十九歳、一介の町絵師ながら高潔な人格と明快で深みのある作風で名を上げていた。精進を重ねた後年は、中国の南画にも見られぬ独自の山水画を開拓し、日本文人画を大成した天才画家と評判を取る。

大雅は三年前、富士山に登った後、奥州・松島を経て北陸へ回り、越中・立山と加賀・白山にも登頂。念願の三岳踏破を果たし、その喜びから「三岳道者」と自称している。富士山を日夜仰いで尊崇すること一方ならぬ白隠と、初対面とは思えないほど話がはずむ。

大雅は禅門をめぐるかねての疑問を晴らそう、と問答を請う。やつぎばやに、

「禅画には全て隠された意図がある、と聞き及びます。禅師は『出山の釈迦』の絵をたびたび描いておられるが、その狙いは何ですやろ？」

「うむ。釈迦は修行のため山に入り、悟りを開かれた。しかる後、山を下りて世俗社会にもどり、衆生救済に尽くされた。わが志もそのひそみにならいたい、との趣旨じゃ」

「なるほど。禅師は『達磨大師』を主題にした作品も数々おありのようやが、その意図されるところとは？」

「印度から中国に渡った大師は少林寺で面壁九年の坐禅を重ねた末、大悟した。その悟りの核心とは、時空を超越し宇宙にあまねく行き渡っている心法、真如、真理があるということ。大師の画像に託して、その哲理を描き出したいのじゃが、残念ながら会心の作はまだない」

大雅は一つ一つうなずきながら、

「素朴な疑問なんやが、慈悲心とはいかなるもんですやろ？」

「いや、これこそ大乗仏教の要じゃ。己だけでなく、他を慈しみ、他の人が存在して苦労しているのを悲しく思う気持ちが全ての出発点となる。慈悲心とは実践であり、働き出していくものじゃ。実社会とかかわっていかんと、慈悲にはならん」

得心した大雅は、深々と頭を下げた。

わきから茶目っぽく、妻の玉瀾が口を出す。

「この人は世間ずれしとらんとこがいい、と人はんは褒めますが、ほどがあります。この間、画筆を持ち忘れて外出したんで、追いかけて手渡しましたんや。ほしたら、なんと、うちやと気付かん。ていねいに礼を言いはるんには、口あんぐりでしたわ」

白隠は大雅の好ましい人柄と夫婦仲の睦まじさを察し、ほのぼのとした気分にひたる。

大雅は白隠の人格に感ずるところがあり、玉瀾との蜜月の生活も一時中断。白隠の後を追い、松蔭寺にまで赴く。「富士山上隻手之声」という公案を授かり、三か月参禅している。「三岳道者」の経歴に敬意を表し、白隠は公案に一ひねり加えたのだが、大雅が何と答えたかは明らかでない。ただ、大雅の画境がこれを機に深みを増したのは言うまでもない。

（十）　ご政道批判

この京都滞在中、白隠は大本山・妙心寺の脇寺・養源院で説法をしたところ、中御門天皇の皇女たる二人の姫宮がお忍びで聴講された。宝鏡院の宮（二十七）光照院の宮（二十三）の両門跡だ。お二人は講話に心打たれ、両寺院に再々白隠を招き、法話を求めている。

両姫宮は出家して門跡寺院を継ぐ身ながら、多くの侍女や側付きの尼僧にかしずかれ、優雅な暮らしぶりである。その様子を目の当たりにし、白隠は華美な生活を戒め、

――やんごとないお身の上とは申せ、禅寺には不似合いな生活は良くありません。身辺の雑事はご自身でちゃんとこなし、「動中の工夫」を積みながら参禅にはげむこと。煩雑な日常の中で

絶え間なく正念工夫を続けることによってこそ、真の法力が身に付きます。

と直言する。

天皇の高貴な姫宮に対し、田舎寺の粗末な黒衣の一僧が歯に衣着せぬ苦言を呈した、と京ではたちまち噂が広がる。この後、朝廷からは高僧に授ける「禅師」号下賜の内意があり、大本山・妙心寺からは高僧の印・紫衣授与の打診があるが、白隠はいずれも固辞した。


三年後の宝暦四（一七五四）年、七十歳の白隠は親交のある岡山藩主・池田継政あての手紙の体裁をとる仮名法語『辺鄙以知吾《へびいちご》』を刊行する。この書物の内容が幕閣の忌諱《きい》に触れ、ただちに発禁処分となる。徳川幕府が幕藩体制の根幹と位置づける諸大名の参勤交代制の非を鳴らし、「ご政道批判」の掟《おきて》に触れるものだったからだ。

その内容の核心は、こうである。

国を滅ぼすのは非道な官吏であり、暗君は非道な官吏を重用する。村役人の専横が百姓の蜂起を引き起こす。悪いのは百姓ではなく、非道な官吏と村役人である。

大名たる侯は、仁政と善行に努められたい。ぜいたくを禁じ余計な出費を制し、民を哀れみ恵むことが第一の徳行。大名の派手でおごった生活は、そのしわ寄せが百姓に帰する。

参勤交代の大名行列は、結局はその膨大な費用は百姓のつけになり、まことに遺憾なことである。

岡山藩の場合、元禄年間の統計で江戸参勤の供人数は約千六百人、江戸在住者が約千四百人の計約三千人。参勤に要する道中費用は約三千両（一説に現在の三億〜六億円）に上った、という。

当時の同藩の御家中男女人数は約一万人といい、上記の参勤供人数および在府人数はおよそその三割を占めることになる。参勤の道中費と江戸と国元での二重生活の諸経費の負担が、いかに藩財政に深刻な影響をもたらしたかが推測できる。

大名行列は東海道を通過するものが全体のほぼ六割を占める。原宿の駅亭の長の家に育ち、幼いころからその実態を目の当たりにしてきた白隠である。さらに兄事した龍海から、亡父・熊沢蕃山譲りの参勤交代制批判をくわしく聞かされた下地もある。

幕府が参勤交代制にこだわるのは、

——諸藩の財政力を弱め、幕府転覆の野望を抱かせぬためだ。

と白隠は理解している。

——幕藩体制維持のためなら、諸藩が泣こうが、民百姓が苦しもうが、知ったことかと言わんばかり。そんな利己主義がまかり通っていいものか。

持ち前の正義感と言いたいことは言う気骨が、「ご政道批判」のとがめを恐れぬ闊達な筆の走りを呼んだのである。

（十一）　龍澤寺開山

原宿の松蔭寺から東へ約三里、中伊豆・三島の景勝地に宝暦十一（一七六一）年秋、禅道場・龍澤寺が開山する。箱根外輪山の山すそに当たり、古木の多い閑静な場所である。檀家や後援者、門下の一同が白隠の隠居寺として、かつ後嗣・東嶺を住持として想定し、三年前から準備してきた。

正月に箱根山主と用地交渉が成立し、春から夏にかけて地元の村民・門下生をはじめ駿河・伊豆・甲州・相模の法縁につながる人々が大勢参集。手弁当で寺院建設の土木工事に従事し、簡素で重厚な本堂や客殿・庫裏が完成した。白隠の人徳あっての運び、と言える。

ここの住持に決まった東嶺は、しばらく前から松蔭寺を離れて京都に駐在し、白隠の著書刊行を出版元と折衝する渉外役を担当していた。当初、住持の役に気が進まぬようだった東嶺に白隠は次のような手紙を書き、説得に努めている。

——譲渡金額は百両（一説に現在の一〜二千万円相当）。手許に五十両しかないが、伊豆・大仁の有力者が残金は都合する由。客殿はおろか、庫裏もうんと広く、修行者が何ほど来ても心配ない。そなたが私の法脈をついでくれれば、と願う。

いざ東嶺がもどってみると、開山後の経営の苦労は並たいていではなかった。若い雲水たちの先頭に立ち、施行を求めて托鉢に回ったり、山中に分け入って薪採りまでやる。

龍澤寺の新道場ができて三年。傘寿の八十歳を迎えた白隠は、またまためでたい知らせに接する。東嶺と並ぶ高弟・遂翁が春三月、京都の本山・妙心寺に上り、かつての白隠同様に第一座に位する。七月、原宿にもどった遂翁に松蔭寺の法嗣を譲り、白隠は現職を退き後事の一切を託す。松蔭寺の後継を遂翁に委ねるのは、兄弟子・東嶺の希望でもあった。


白隠に老化による衰弱の兆候が最初に表れるのは、七十九歳の春のことだ。身のこなしに不自由を感じ、平生の機知が鈍り、講演の折に疲労の色が濃くなる。説法などにも手助けが要った。体調は一進一退、これという活動のないままに終始する年もあった。

しかし三年後、様子は一変する。正月、白隠は江戸に出て小石川の至道庵に半年ほど滞在し、日々説法にあけくれる。正受老人ゆかりのこの寺は一時人手に渡りそうだったが、白隠が旧縁を強く主張し、持ち前の押しの強さと粘り腰で権利を入手した経緯がある。

江戸からの帰路に相模と三島の寺院に逗留し、冬に松蔭寺に帰った。八十二歳の最晩年にしてほぼ一年がかりの大旅行であり、常人の仕業ではない。

あくる年はさすがに静養に努め、春・夏は伊豆長岡の古奈温泉にゆっくりつかった。

翌明和五（一七六八）年、白隠は再び元気を取りもどし、遠く三河や駿河の由比・庵原《いはら》など各地の寺院に出かけ、説法を重ねる。ところが、冬になって体調が悪化。師走に入ってから、ずっと寝込むようになる。十二月七日、呼ばれたかかりつけの医師が脈を診て、

「当分は心配ないでしょう」

と言ったところ、

「そうかな、わしの見立ては別じゃが」

と白隠ならではの減らず口が返ってくる一幕もあった。

三日後、松蔭寺の法嗣・遂翁をまくら元に呼んで気がかりなことを伝え、後事を託す。

（十二）　白隠遷化

あくる十二月十一日明け方、白隠は夢うつつの中にある。

松蔭寺の裏手、駿河湾に面した原の海岸から、かすかに潮騒の音が響く。穏やかな波が寄せる浜辺に、五つの時の岩次郎が独りぽつんといるのが見える。水平線のかなたに白い浮雲が行き来し、浮かんでは消え、消えては浮かぶ。

（この世に、常住不変のものなどありはしない）

そんな無常の思いが、深い悲しみとあきらめを伴い、胸にぐっと来る。

岩次郎の姿がいつか消え、沼津寄りの砂浜のかなり先に、二十代半ばの慧鶴がいる。千本松原の見事な景色はかき消え、がらんどうの浜辺は石ころだらけだ。慧鶴は腰をかがめ、

「一本植えてはナンマイダ　二本植えてはナンマイダ」

と唱え、松の苗木をせっせと植えている。

白隠の生まれる百年余り前、一帯の松原は戦乱のあおりで一度消え失せた。村人が強い潮風に難儀するのを見て、旅の僧が黒松の苗木を一本一本手植えしたのが、今の千本松原の起こり。その僧に成り代わり、年若い慧鶴が地元のためとはげんでいる。


夜更けに、中年の白隠が雨漏りのする松蔭寺にこもり、法華経を読んでいる。庭でコオロギが「ル、ル、ル」と鳴くのをしおに、仏陀の「火宅のおしえ」を悟り、思わず感泣する瞬間がまざまざとよみがえる。

心がすっきりし表に出ると、なぜか富士山がぐんと手前に移動し、愛鷹山の隣に並んでいる。全身が白雪におおわれ、朝日がさして薄く紅に染まった風情はなんともいえない。

『恋ひ人は　雲の上なる　おふじさん　はれて逢ふ日は　雪のはだ見る』

という俗謡がどこからともなく聞こえ、雪肌の富士の中腹に女性の顔らしきものが陽炎のよう

にゆらめく。

（母のお妙か、女中のお梅か、それとも弟子のお察か）

当てもないままそんな気がして、しかと見定めようとするが、はっきりしない。

「そなたの心の中の一番きれいな部分が、あの顔なのだよ」

そうささやく声がする。

（仏陀にまちがいない）

ゆるぎない確信がわいてくる。そう思ったとたん、ふっと意識は遠のく。

ちょうどその刻限である。白隠は一声「うぅん」と言うなり、そのまま遷化。付き添いの僧には、いまはの際に老師があたかも己の生涯を「よし」と肯定したかに聞こえた。

享年八十四歳。


遷化の翌年、後桜町天皇から「神機独妙禅師」の贈り名があり、はるか後に明治天皇からは「正宗《しょうじゅう》国師」号が贈られた。

欧米に禅思想の神髄を伝えた功績などで知られる宗教学者・鈴木大拙は、

――現今の日本の臨済禅は白隠禅である、と言っても過言ではない。今日、禅が日本に残っているのは白隠のお陰である。

と指摘した。

禅宗関係の識者には、白隠を「五百年に一度現れるかどうかの傑物」と評価する声さえある。

その生涯を振り返ってみる時、そう思わせるだけの存在感が確かにある。

あとがき

頓智話の一休や村童と無心に遊ぶイメージの良寛に比べ、同じ禅僧でも白隠の人物像は世間一般にはあまりよく知られていない。その生涯を平易に紹介する伝記本の類も見当たらない。白隠ファンとしては（おかしいんじゃないの！）と抗議したくもなる。仏教門外漢の身で大それた企てを試みるに至ったのは、それなりの心理的背景があった。

新聞社定年後に伊豆へ移り住んだのも幸いした。白隠ゆかりの松蔭寺や龍澤寺などへ度々通い、その書画の傑作の数々と対面。強烈無比な生命力を感得し、尋常ならざる白隠の人格や人間性を察知した。白隠の生地たる沼津市西端・原地区の界隈や、すぐそばの白砂青松の海岸べり、子供のころ遊んだにちがいない善得寺城の辺り、十代半ば当時の修行の地と伝わる旧柳沢村外れにある河原の八畳岩……。映画でいうロケ・ハン的な行動を積み重ね、白隠の人間形成の跡を追った。

近隣だけでなく、遠く東海・中京方面や信越地方にも足を延ばした。白隠の旧跡をたどってマイカーで越後高田の寺町を経巡り、飯山街道を南下する。三百年ほど前、彼が北信・飯山城下に恩師・正受老人を訪ねたルートだ。昔日の面影を宿すささやかな禅寺・正受庵を訪問。庵主から「老師は若侍のころ、飯山藩切っての剣の使い手だった」と聞き、実在感を確かめることができた。

白隠にまつわる諸史料を捜し求め、都心の国会図書館にも出かけた。稀書の類から百頁もコピー取りをし、目を皿にする。大垣滞留時の知己に反骨の陽明学者・熊沢蕃山の遺児で漢詩・漢学に詳しい「龍海」がいたことを知り、血が騒ぐ。蕃山の幕政批判の内容と後年の白隠による幕政批判のそれに酷似する節があるからだ。二人は難解な教えを一般向きにかみくだき、なるべく平易に、かつ興味深く伝えようとする姿勢でも共通する。接点の龍海が橋渡し役なら、疑問はたちどころに氷解する。

白隠の自伝『八重葎《やえむぐら》』や『壁生草《いつまでぐさ》』に、龍海に関する詳しい記述は残念ながら見当たらない。が、年齢がひと回り余も上で兄弟のように親密な仲だったという龍海から受けた感化は多大だったはずだ。元禄時代は生類憐みの令発布やら伊勢詣での抜け参りやら、へんてこな騒動がいろいろあった。雲水として諸国を行脚する身の慧鶴こと後の白隠がそんな騒動と無縁でいられたはずはない。そうした場面を思い描き、龍海を白隠の社会勉強の指南役に割り振るアイデアが自然に浮かんだ。人間はなべて時代の子であり、時代との格闘を抜きに人間を語るわけにはいかない、と考えたゆえである。

ところで今春早々、時ならぬ白隠ブーム到来の気配である。有力な美術雑誌が新年号で競って「白隠特集」を組み、渋谷の東急文化村は史上初と銘打つ大がかりな「白隠展」を企画した。ついでながら、かのジョン・レノンの世界的ヒット曲「イマジン」は、白隠の禅画から啓示を受けて誕生したといわれる。ネット時代の昨今、そんな話が新たな「白隠神話」を生みだし、思わぬブームを呼び起こすのだろうか。ともかく、「白隠元年」の呼び声さえかかる好機に際会し、本書はめでたい船出を迎える。

おしまいに楽屋話を少々。連れ合い淳子は書道をたしなみ、かねて白隠の書画に感化されるところ大きく、仏教方面にも関心が深い。生来そつの多い夫の原稿の不備・欠陥を最初の読者として遠慮会釈なく指摘し、その内助なかりせば、本書完成はなかった。また、朝日新聞当時からの畏友である鈴木得三・荒井寿雄ご両氏からも親身にして適切な助言・声援を折に触れ頂戴し、真に有難かった。出版元・大法輪閣の黒神直也さん、石原大道社長にも一方ならぬお世話になった。この場を借り、皆々さまに篤く御礼申し上げます。

二〇一三年新春

横田　喬

横田　喬（よこた・たかし）
1935年、富山県生まれ。東京大学文学部仏文科卒業。元朝日新聞記者。1980年から5年間、人物紹介の連載読み物「新人国記」を担当。政治・経済・文化・スポーツ・芸能など各方面の偉才異材600余人を面接取材し、延べ約200回分を執筆。1989年、世界最大のアヘン生産地タイ北部「黄金の三角地帯」を取材し、連載読み物「タイの山から」を7回執筆。人間の思想や歴史に関心が強く、仲間と読書会や研究会を重ね、その成果が数々の共著に実る。著書に『下町そぞろ歩き』『西東京人物誌』『日本人の姓』。共著に『新人国記』（十巻）、『現代の小さな神々』『司馬遼太郎読本』『松本清張読本』『城山三郎読本』など。

本書《著述協力》：横田淳子（よこた・じゅんこ）

本書は月刊『大法輪』平成23年4月号から平成24年6月号まで連載した「白隠和尚蛍雪記」をまとめたものです。

白《はく》隠《いん》伝《でん》

平成25年 3月8日 初版第1刷発行 ©

著　者　横田　喬
発行人　石原大道
印刷・製本　株式会社 ティーケー出版印刷
発行所　有限会社 大法輪閣
東京都渋谷区東2-5-36　大泉ビル2F
TEL　(03) 5466-1401(代表)
振替　00130-8-19番

ISBN978-4-8046-1346-8　C0015　Printed in Japan

大法輪閣刊

玄峰老師	高木蒼梧 編著	二九四〇円
碧巌録の読み方	西村惠信 著	二一〇〇円
泥と蓮 白隠禅師を読む 坐禅和讃・毒語心経・隻手音声	沖本克己 著	二五二〇円
遺教経に学ぶ ― 釈尊最後の教え	松原泰道 著	一九九五円
禅に問う ― 一人でも悠々と生きる道	形山睡峰 著	一八九〇円
よむ・みる・すわる はじめての禅宗入門	村越英裕 著	一六八〇円
観音経・十句観音経を味わう	内山興正 著	二一〇〇円
法華経・全28章講義 その教えのすべてと信仰の心得	浜島典彦 著	二一〇〇円
唯識 こころの哲学 唯識三十頌を読む	多川俊映 著	二一〇〇円
知っておきたい 仏教の常識としきたり	大法輪閣編集部 編	一六八〇円
月刊『大法輪』 昭和九年創刊。宗派に片寄らない、やさしい仏教総合雑誌。毎月八日発売。		八四〇円（送料一〇〇円）

定価は5％の税込み、平成25年2月現在。書籍送料は冊数にかかわらず210円。